SINUCA EMBAIXO D'ÁGUA

CAROL BENSIMON

Sinuca embaixo d'água

1ª reimpressão

COMPANHIA DAS LETRAS

Grafia atualizada segundo o Acordo Ortográfico da Língua Portuguesa de 1990, que entrou em vigor no Brasil em 2009.

Esta obra foi selecionada pela Bolsa Funarte de Estímulo à Criação Literária.

Capa
Elisa v. Randow

Foto de capa
Cortesia de Nicholas Osborn/ Square America

Preparação
Maria Cecília Caropreso

Revisão
Ana Luiza Couto
Isabel Jorge Cury

Os personagens e as situações desta obra são reais apenas no universo da ficção; não se referem a pessoas e fatos concretos, e sobre eles não emitem opinião.

Dados Internacionais de Catalogação na Publicação (CIP)
(Câmara Brasileira do Livro, SP, Brasil)

Bensimon, Carol
Sinuca embaixo d'água / Carol Bensimon. — 1ª ed. — São Paulo : Companhia das Letras, 2009.

ISBN 978-85-359-1514-3

1. Romance brasileiro I. Título.

09-06886 CDD-869.93

Índice para catálogo sistemático:
1. Romances : Literatura brasileira 869.93

1ª reimpressão

[2020]

EDITORA SCHWARCZ S.A.
Rua Bandeira Paulista, 702, cj. 32
04532-002 — São Paulo — SP
Telefone: (11) 3707-3500
www.companhiadasletras.com.br
www.blogdacompanhia.com.br
facebook.com/companhiadasletras
instagram.com/companhiadasletras
twitter.com/cialetras

You can't put your arms around a memory.

Johnny Thunders

Bernardo

É como tirar os rollers depois de andar um bocado e sentir que os pés e o chão não se entendem mais. Você quer deslizar, passar flutuando pelas coisas e pessoas, e já não pode. Então pensa Tudo bem, adiante, vamos caminhar agora, caminhem direito por favor, mas não tem jeito de conseguir sem um pouco de tempo, porque os rollers ainda estão em você de certa maneira. O cérebro diz Caminhe, os pés Deslize. E caso alguém venha pela rua, estará pensando: olha lá um garoto com um grande problema! O que faz com que eu goste cada vez menos das pessoas e cada vez mais da Antônia, que dizia que o mundo era como um monte de gente recém-saída do oculista ainda sentindo o efeito do colírio-de-dilatar-pupilas: nos enche de mais luz do que podemos suportar e por isso ficamos sem ver nada de nada. Mais luz, mais escuridão. Sei como é porque faço anualmente o teste de ver letras projetadas, no qual observo minha miopia avançar de forma simétrica, embora um olho me pareça bem pior que o outro (Antônia tapando meu olho esquerdo: Tá vendo aquele barco lá na outra ponta do lago?). Mas os meus óculos servem muito mais é para serem tirados toda hora e para que daí eu esfregue a ponta da camiseta nas lentes, já que não fumo, e por isso não sei muito o que fazer com as mãos, e é preciso fazer algo com as mãos, sempre, como puxar folhas de árvores que estejam no meio do caminho, recolher pedras no chão e jogá-las em algum lugar, arrancar rótulos plásticos de garrafas d'água, dobrar notas fiscais, extratos bancários, e este bilhete agora na minha mão que, se eu pudesse, dobrava em mil, até ficar pequeno a ponto de desaparecer.

Numa noite, há dois meses, Camilo arremessou uma bola de papel pela janela, e mais pelo jeito atordoado que eu andava e menos pela miopia, não vi exatamente onde ela tinha caído. Por isso demorei um tempo tateando a calçada, dessas com pedras em formas irregulares e musgo nas junções, como em todo bairro onde não passam muitos pés, e me lembro de ter sentido que a pedra estava gelada de umidade, e me lembro também de ter escutado um pássaro e de ter pensado que há um tipo de pássaro especialista em cantar durante a noite, e que esse tipo de pássaro me dava arrepios. Mas pensar nisso, pela primeira vez e logo naquele momento, era mesmo algo de se desconfiar. Sempre me deram arrepios? Não era uma coisa que eu podia dizer com certeza. Às vezes eles estavam cantando e eu nem percebia. Acho que fizeram isso numa porção de noites. O que um animal faz num dia, repete em todos. Cantavam uma canção de fundo para nós.

Então havia esse canto do pássaro, esse sinal sonoro, quase um alarme com a regularidade impressionante da natureza, e eu encontrei a bola de papel. Abri muito rápido. Estava escrito: passa aqui quando puder. Olhei para cima e ia balançar a cabeça para dizer que passaria sim (quando pudesse), mas já não havia ninguém. Portanto essa foi a última vez que eu vim aqui, antes de agora. Eu não sabia o que dizer para o Camilo, nunca ultrapassamos a meia dúzia de frases um com o outro e, de qualquer maneira, quando-puder era uma noção de tempo um tanto vaga. Quando não estiver ocupado fazendo alguma outra coisa? Nesse caso, eu nunca estava assim tão ocupado. Quando psicologicamente puder? Nesse outro, desconfio que dois meses ainda não são o bastante, eu aqui segurando o bilhete dobrado até o limite, até o ponto de ele estar parecendo uma pequena barraca. Seis vezes é o máximo que se pode dobrar um papel, dizem, sempre dividindo-o ao meio, mas vi um programa de tevê provar que não é bem verdade. Quer dizer, eles testaram com um papel do tamanho de um estádio de futebol, o que já ultrapassa um pouco o limite do bom senso, e pararam se não me engano porque estavam cansados de ir de um lado para o outro com todo o cuidado para não rasgar o papel de não sei quantos quilos. E porque certamente tinham outro equívoco para desfazer e provar, assim, que a gente acredita nas maiores besteiras.

Está um bonito de um sol hoje, com barcos aqui e ali, mas deixo de olhar para o lago e me viro para a casa salmão. Vejo que degringolou. Quase posso enxergar a sujeira grudando progressivamente nas paredes e uma coisa vindo a se encadear na outra, do tipo um dia que choveu muito, seguido de um gato que deslocou uma telha, que então caiu levando junto um pedaço de reboco, que terminou em algum lugar da grama crescida demais, que por sua vez atraiu insetos, cujos restos ainda podem ser encontrados no fundo da piscina. É como ver uma flor abrir e fechar e morrer em dez segundos de gravação.

Mas acho que quando-puder não tem que ser hoje, ou ao menos não necessariamente agora. Atravesso a rua sem carros e caminho até o bar do Polaco. Ninguém está nesta parte da cidade num dia de semana a esta hora da tarde, exceto os caras nos barcos, uns bem próximos, ao redor do clube de velas, outros um pouco mais longe, mas nunca muitos, até porque o lago não é a coisa mais linda do mundo. Quero dizer, todos nós gostaríamos que ele fosse ao menos um pouco mais azul. Lagos costumam ser azuis, não marrons, e as pessoas adoram o azul, é a cor favorita da maioria delas, isso tudo por causa do céu e da água (certamente não dessa), o que eu também vi num documentário, que é o que faço perto da hora de dormir. De qualquer maneira, está abrindo, o bar em que já estive um milhão de vezes, sentado conversando enquanto esmigalhava rótulos ou tentava rosas de guardanapo, na rua de pé com um copo descartável de vinho, ou então jogando sinuca no salão dos fundos, que podemos dizer que é uma parte construída literalmente dentro d'água, o que tem deixado a prefeitura puta da vida há uns vinte anos. Mas acho bonito pra burro. De fora, vejo a água batendo no quadrado de concreto, e o sol por sua vez batendo nas janelas formadas de pequenos vidros azuis ou verdes, ou nada, ou só pontas do que um dia foram vidros inteiros azuis ou vidros inteiros verdes.

O Polaco está armando a última das mesas que ficam na rua. O espaço é pequeno, só cabem três. Chego mais perto, ele me vê, não parece nem um pouco feliz. Na verdade, tenho a impressão de que ter me visto é a pior coisa que podia acontecer ao Polaco nesta tarde. Percebo o desconforto em seus olhos e nas rugas da testa, que se dobra como papel. Ele diz Bernardo, oi, o que é muito diferente do que se tivesse dito Oi, Bernardo. Também deve achar que é cedo demais. E não para de arrumar as mesas. Abre uma cadeira, vai pegar mais outra. O barulho de metal raspando em metal se acomoda entre o oi dele e o meu oi. Quando ele volta, eu peço uma cerveja e sento de frente para o lago, que é o mesmo que dizer de costas para a casa. Dois meses atrás eu estava decidido a entrar, mas eles estavam decididos a não deixar que eu entrasse. Eu me pergunto que tipo de movimentação ou reclusão o Polaco tem observado, com os olhos vermelhos porque parecia gostar muito de Antônia, enquanto segura o seu pano encardido de desfazer as marcas redondas e molhadas que os copos fazem quando mudam de lugar.

Eu mudo o meu de lugar muitas vezes, desenho dois símbolos olímpicos com os círculos e, mesmo assim, o Polaco não chega nem perto. Vejo que ele está lá dentro raspando a chapa com uma espátula, e depois vejo que minha mesa tem dois versos do T. S. Eliot escritos com caneta vermelha para CDs. In the room the women come and go Talking of Michelangelo. Antônia imaginava que eram mulheres muito gordas. Nada disso estava no poema, mas para Antônia eram gordas dando voltas no Louvre. Então quero chorar uma outra vez.

Eu não precisaria estar de novo neste lugar, porque moro do outro lado da cidade. Na verdade, ninguém precisa vir até o lago. Todas as coisas costumam acontecer bem longe daqui, onde há advogados, médicos, floristas, a comida italiana ou tailandesa, onde há ruas com cruzamentos e calçadas com lixeiras e os apartamentos que os amigos costumam alugar. Tudo a quilômetros de distância. São as pessoas daqui que devem ir para lá. In the room the women come and go Talking of Michelangelo é o mesmo que dizer que, quando ainda não nos preocupávamos em parecer tão espertos como pensávamos ser de fato, nem em procurar nos sebos revistas pornôs da década de cinquenta, fizemos uma apresentação na aula de Estudos Literários I, eu o Senhor Prosa e ela a Senhora Poesia. Tínhamos que ficar nos xingando por seis minutos e meio enquanto nem de ler romances ou poemas os nossos colegas da Letras gostavam, e a professora dava risadas como soluços durante a apresentação, que era o mesmo que dizer Que belo esforço, mas isso está soando ridículo, que era o mesmo que dizer que era genial.

Gostaria de comentar agora: Antônia, lembra quando fomos geniais sendo o Senhor Prosa e a Senhora Poesia? Que é o mesmo que dizer que eu estou arrasado. E também, e sobretudo: será que você esqueceu que é preciso ir mais devagar nas descidas? Que nas descidas a gente pode sentir a vida mais do que deveria, e acabar morrendo disso?

Camilo

Mas como ir atrás de cigarros, se o carro virou ferro torcido em sangue, batido no liquidificador para jovens imprudentes, deslizando como papel que deve sumir desliza para ser triturado no escritório de um filho da puta. Se ainda fosse o fogo que faltasse, eu puxava uma trilha de álcool lá da cozinha e fazia subir a escada, entrar pela fresta da porta, passar por cima da cama, descer de novo, e dar comigo sentado na janela, o cigarro na boca esperando. Daí cairia como uma tocha na frente de casa, os olhos brilhando a minha loucura. Porra, cigarros. Nunca precisei tanto dos cigarros acendidos um no outro, de ver a brasa do cigarro no escuro absoluto do quarto. Mas onde arrumar se o Polaco está fechado e não há carro para ir até o posto de gasolina, e se dois quilômetros a pé até o posto seria uma caminhada sobre espinhos, seria sangrar por tudo vendo o bairro que é feito para ser fim de mundo, como se as portas fechadas das casas sem luz dessem a impressão de que, além de fechadas, têm por dentro e junto delas um armário ou uma grande mesa de madeira maciça como barreira antimundo, ou como se todos chorassem a morte de Antônia desde antes de ela nascer.

Sou um Axl Rose gordo sozinho num quarto de hotel, um Kurt Cobain na estufa com a arma que toca o céu da boca e, se os caras compensam um fracasso final com um passado brilhante, eu não. Qualquer memória me condena. Puxe o primeiro pedaço de mim. Tenho seis anos, a escolinha é na rua de trás, com gnomos e bichos de gesso no pátio. Risquei o cavalo com giz de cera. Eu queria que ele fosse roxo. Ele era roxo no desenho animado. Recebo atenção especial. A professora pergunta: como assim nada, querido? Meus braços soltam os seus joelhos. Nem bombeiro? Ela se abaixa para me olhar de frente. E médico, que tal médico, hein? Mexe nos meus cabelos e depois levanta de novo e se afasta. Vai até o armário, que está cheio dos nossos desenhos colados na porta com durex. Mesmo de um pouco longe, posso reconhecer os meus, na verdade eu ainda poderia reconhecer os meus vinte anos depois, porque as pessoas que eu desenhava tinham caudas ou antenas. Ela tira uma bola de dentro do armário, rosa e com pontos brilhantes, e joga na minha direção. Não me mexo nada, deixo que a bola passe pelo meu lado e role até o pátio, indo parar no pé de outra criança, que então chuta e dá uma risada.

— Nem jogador de futebol?

Nem jogador de futebol. A professora chama os meus pais, e os dois se trancam no quarto depois do jantar. Grudo o ouvido na porta. Biscoito de polvilho. Eu tinha feito biscoito de polvilho na escolinha na semana anterior, o que minha mãe parecia estar achando ótimo e o meu pai a coisa mais lamentável do mundo. Discutem então sobre o método pedagógico de fazer biscoitos de polvilho (o pote seguia intacto na prateleira mais alta do armário da cozinha). Dentro do quarto, alguma coisa cai. Meu pai solta um palavrão e eu desgrudo o ouvido e depois grudo de novo. O assunto é caiaque. É passear com o caiaque que há tanto tempo está na garagem pegando pó.

O problema com andar de caiaque é que não era bem o passeio que uma criança precisava, porque bastava atravessar a rua, e daí era como estar numa piscina de plástico nos fundos de casa, só que num tamanho gigante, só que na frente. E ficamos lá andando em silêncio, meu pai agitado, preso no caiaque só comigo, sem chance de encontrar alguém com quem pudesse conversar e então me manter sempre uns passos atrás do seu assunto exclusivo para adultos. Depois o sol desapareceu, surgiram umas nuvens cinza, e o lago não se parecia mais com uma piscina, eu lá com o remo, fazendo tudo o que uma criança pode fazer com um, como mal conseguir segurar, bater de leve e irregularmente na água e achar que a coisa funciona quanto mais barulho produzir. Meu pai disse: você não tem jeito para remar, me alcança isso aí. Não alcancei. Ele se irritou, fez um gesto brusco e tirou o remo da minha mão. O caiaque chacoalhou e eu fiquei meio molhado. Meio molhado quer dizer nessa idade que a gente acha que vai morrer, mas meu pai nunca sacou nada de crianças e nada de nada, ele nunca entendeu por exemplo a regra mais elementar das brincadeiras, que é fingir que se está perdendo para que a coisa possa ter alguma graça. E, no caiaque, disse: talvez você não goste de nada porque ainda não sabe fazer nada.

A partir desse belo dia no lago, meus desenhos começaram a ter riscos muito fortes de giz de cera vermelho, e começou a não haver mais espaço para eles na porta do armário, de modo que a professora os colocava no escuro da parte de dentro, então você só podia vê-los por uns três segundos entre o abrir e o fechar. Mas na conversa seguinte que ouvi atrás da porta, meu pai e minha mãe não falavam mais de mim. Falavam da Antônia, que já estava na barriga da mãe, mas que ainda era uma coisa sem sexo e sem nome.

A verdade é que a vida me cansou bem fácil. Três carteiras por dia, três carreiras, três partidas roubadas, garotas, discussões, tantos estragos. Ser pai e mãe e irmão nos espaços que eles deixavam pela casa quando viajavam sem nós. O que me interessa? Nada. O que você faz da vida? Nada. Toda as conversas começam por O que você faz da vida? Havia um tipo de garota que ia embora para então encontrar quem dissesse Faço Direito, Sou estagiário, Estudo pra concurso, Meu pai importa produtos da China, Jogo tênis duas vezes por semana. Havia um tipo de garota também para mim, que me levava para fora do bar, onde as luzes haviam sido removidas há séculos, onde a água batia cansada de bater. Enquanto isso, Antônia me esperava em casa. Eu havia saído para comprar a comida mais fácil do mundo no Polaco, e as batatas fritas estavam amolecendo dentro da embalagem. Eu sempre encontrava mais alguma coisa para fazer. Mas era fácil imaginar que Antônia me esperaria, que me idolatrava, que as batatas secas não seriam um problema. Eu olhava para a janela do meu quarto e via a luz da tevê, apenas a luz azul, e então sabia que Antônia estava sentada no chão com as costas apoiadas na minha cama e vendo o Axl Rose cantar em Tóquio, e quando eu chegasse ele já teria trocado de figurino umas quarenta vezes, que era o número de vezes que ele trocava durante todo o show multiplicado pelo número de vezes que Antônia assistira às duas fitas naquela noite. Ele poderia estar com o short da bandeira americana agora. Poderia estar cantando November rain no piano. Poderia estar na parte em que veste a camiseta com Jesus Cristo, e minha irmã imitaria os seus gestos sobre a cama. Quando eu entrasse em casa, eu ia perguntar o que ela queria ser quando crescesse, e Antônia queria ser tanta coisa que jamais conseguia se decidir.

Então ouço a campainha. Quem chega à campainha é alguém que obrigatoriamente já passou pelo portão, e passar pelo portão exige saber que há um pedaço de ferro encostado na grade e que com ele é possível alcançar um botãozinho e daí basta puxar o portão e você está dentro do pátio. Toca de novo. Ninguém vai atender. Não tenho mais idade ou disposição para encostar o ouvido nas portas, mas, se o fizesse, ouviria uma lamúria interminável, a grande tristeza de todos os tempos, a única que pode colocar meu pai e minha mãe na mesma peça de novo. Abro a janela e vejo o Bernardo. Ele olha para cima, nos encaramos, é como se soubesse que tirou Antônia de mim. Nunca estive a fim de falar com ele, e não estou a fim de falar agora, muito menos agora. O que ele poderia dizer? Não quero, mas estranhamente sinto que vou querer daqui a algum tempo, sei lá quando, posso inclusive realmente precisar, e por isso saio da janela atrás de papel e caneta. Logo mais, estou escrevendo um bilhete. Amasso até que fique uma bola, jogo, e dou um tempo para o Bernardo desaparecer. Ele entende. Ele não toca mais a campainha. Ele finalmente desaparece.

E de novo estou louco por cigarros, mais louco. Procuro o cinzeiro, mas tudo já foi fumado até a última tragada imaginável. As cinzas se esparramam pelo chão. O que é que está disponível para eu tirar um pouco de sangue de mim? Isso sempre funcionou para amenizar a dor que não se pode medir. Ouço a televisão da casa do lado. Palmas na televisão. Os pássaros. Começo a ouvir uns sons totalmente novos, como raiva, e meu pai na cozinha abrindo um armário. Acho que estou ouvindo o lago ir e vir, mas o mais chocante é aquilo que eu não ouço. Não seria um problema fumar os cigarros light da Antônia, ou mesmo os que fossem de canela ou cereja, ou mais compridos e mais finos, ou um charuto de celebrar coisas. Saio do quarto e estou de frente para o dela. Abro a porta e estou lá dentro. Sei que, se me vissem agora, seria como ser o mais escroto dos homens. Como cavar até encostar a pá no caixão. Como encontrar um cadáver e tirar os anéis de ouro dos seus dedos rígidos. Reviro as gavetas da cômoda, sem olhar para os livros, sem ler os papéis, sem ver que ali está

Antônia sendo embalada na rede (o meu braço), com as mãos diante dos olhos mas a boca aberta mostrando a língua (unhas roídas), ela e Bernardo e um tabuleiro de xadrez na grama (Antônia movendo o cavalo). Encontro cinco cigarros vabagundos.

Polaco

Havia uma pequena mesa de sinuca no lugar que vendia o leite e o pão, e a hora de leite e de pão não é a hora de sinuca, nem era idade de sinuca, mas eu via e gostava, a mesa congelada, deserta, no breu, confesso que pedia para buscar o leite e o pão somente por isso. Às vezes, sobre ela encontrava o resto do jogo da véspera, e gostava de ver se tinha sido por pouco ou de vareio, as bolas não feitas eu fazia na cabeça, sem nunca ter encostado num taco. A senhora, que morreu bem antes de eu partir, ficava com a moedinha do troco estendida até que eu olhasse para ela outra vez, não sei se era preguiça, medo de falar, ou se ela bancava a cúmplice do meu delírio infantil. Sentia um cheiro que eu achava que era sinuca, mas na verdade era cerveja, e pensava que de tão boa a noite (que não minha), nem tinha dado vontade de recolher as bolas e organizá-las no triângulo para a próxima partida. Além disso, devia ter recém-acabado, a noite deles já quase encostando na minha manhã, e se no dia seguinte eu chegasse um pouco mais cedo, talvez conseguisse juntar o pão e o leite com a sinuca. Mas nunca dava.

Como era mesmo o nome daquela senhora? Não sei e nem tenho para quem perguntar. Disse um dia que eu pegasse um taco e tentasse. Dois deles estavam encostados na mesa, então alcancei o que era apenas um pouco mais alto do que eu. Passei a mão no feltro verde. Só isso já me deixava feliz. Todos os jogos dignos acontecem sobre feltro verde. Quando a velha senhora morreu, venderam o carro da família e a mesa de sinuca para pagar as despesas do funeral. Não sei por que precisa custar tão caro morrer. De qualquer jeito, a mesa já tinha ficado pequena demais para mim, como a cidade. Eu jogava noutros cantos, queria dar no pé. Mas naquele primeiro contato, com a velha senhora olhando, posicionei duas bolas em linha reta, fechei um olho porque sabia que assim tinha que ser, dei a tacada, e a bola entrou direto na caçapa. Senti que eu havia feito um pequeno milagre, e saí correndo de vergonha sem olhar para trás. Os meus pés se embaralhavam de tanto que eu corria.

Nessa corrida cheguei aqui, passado dos trinta, mas encosto os dedos no feltro e só o que me dá é coceira. Através dos vidros quebrados, vejo o lago e o clube de velas. Hoje eu acordei com a sensação de que era preciso trocar esses vidros, de que suas pontas afiadas poderiam causar a tragédia que não causaram em dez anos, mas que sempre anda à espreita de um bêbado ou de uma criança descuidada. Eu nunca dei a mínima. Os vidros quebrados, foi ao longo do tempo e eu nem vi, como as paredes assinadas a canivete e pincel atômico, os corações dos casais já desfeitos, o banheiro cheirando mal, e toda aquela gente que entra sem querer usá-lo na sua função de banheiro.

Tudo bem, porque eu nunca quis que o bar fosse mais do que isso, é legítimo, é meu, com três mesas de sinuca e dois caça-níqueis, está metade para dentro do lago e o sol se põe bem no fundo da minha vista. Mas me sinto estranho. Recolho as bolas e com os braços faço um, dois e três triângulos, coloco as brancas na outra extremidade e um pedaço de giz em cada beirada. Uma mosca inconveniente me acompanha. Organizo os tacos nos suportes, numa escala do mais curto ao mais comprido, depois olho de longe e sei que estou sendo ridículo. Antônia não virá nesta noite, e em nenhuma que ainda está para chegar.

Esse desconforto na verdade recomeçou ontem, por causa do sujeito do bigode. Tinha apoiado os cotovelos no balcão e perguntou: você tem cartão telefônico? Era fim de noite, eu secava um copo. No jeito que olhava, havia algo de não dito. Demorei para responder que tinham acabado os cartões, porque tentava descobrir, eu também com os olhos, se era isso mesmo que ele queria saber. Podia ser um bandido. Havia um belo dinheiro no caixa. Aí finalmente eu disse: acabaram. Ele perguntou se podia usar o banheiro. Tinha um espaço grande entre os dentes da frente. Fiz um gesto que queria dizer primeira porta à esquerda, e dei as costas para pegar outro copo. Sequei dois ou três e ele já havia voltado, foi para o fundo e observou as partidas de sinuca e uns velhos na frente dos caça-níqueis que procuravam nos bolsos as suas últimas moedas. As mulheres entrando em grupo no banheiro com as calças coladas e barrigas de fora, piercings bagaceiros, diamantes de plástico. Alguns homens com os olhos vermelhos e pequenos da cachaça. Então pensei que esse do bigode podia ser policial, agia como um que tenta discrição e não consegue, e só o que me faltava era essa. Não era minha culpa se tinha traficante na frente do bar, apenas foi acontecendo, de maneira que se alguém quer da verde, da branca, e não sabe onde arrumar, alguém vai dizer que tem facinho no Polaco. E não é que agora dê para chamar os caras num canto e dizer que parem com isso.

O Bigode reapareceu no balcão, e de novo apoiou os seus cotovelos, como um velho amigo da casa. Acendeu um cigarro com um Zippo. Você está aqui há muito tempo?, perguntou. Imaginei que se referia ao tempo que tenho o bar e respondi que sim, há algum tempo. Ele pediu a dose mais barata de uísque e eu o deixei bebendo e olhando bastante para os lados e fui atender outra pessoa. Reparei depois que ele havia acabado com o uísque na velocidade de quem faz isso todos os dias, algumas vezes ao dia. Relaxei um pouco e o tomei por um bêbado qualquer. Fiz as minhas coisas de trás do balcão, adiantando a limpeza enquanto me pediam uma bebida ou outra.

De repente, ouvi o ronco de uma velha camionete. Fui até a janela e vi que manobrava. Havia um pequeno chapéu de caubói pendurado no retrovisor. Era ele. Me acenou com a cabeça e eu fiquei imóvel, enquanto o carro me dava as costas. As luzes de ré se apagaram e ele pressionou o acelerador antes de sair do lugar. Olhei a placa. Era o nome da cidade onde eu nasci. Não podia ser coincidência, porque é uma pequena cidade sem nenhuma importância, relativamente distante, e, além do mais, ninguém está muito interessado em sair de lá. Eles estão me procurando, eu pensei, todos eles estão me procurando. Depois de tanto tempo, decidiram me procurar logo agora.

Isso foi ontem, e minha cabeça está a ponto de pifar. Deixo as mesas de sinuca daquele jeito, artificialmente arrumadas, e vou para a rua. Olho para o Bernardo, que por sua vez está olhando para bem longe. Sua cerveja não acaba nunca. E se o cara de ontem vier outra vez? Tiro mentalmente o bigode dele e tento achar nos traços do rosto algum parentesco com os Festugatto, talvez um tio da Rosa, um tio distante da Rosa. Havia um que morava na serra e eu nunca conheci (um tio pobre da Rosa). Ficava o tempo inteiro fabricando os seus salames, vendidos na beira da estrada para os turistas que não imaginavam que aquelas coisas tinham passado a manhã inteira penduradas num porão úmido, atraindo talvez todo tipo de bicho que um cheiro de sangue é capaz de atrair.

Na casa salmão, a garagem está aberta, com Camilo debaixo do carro. Arranjou há uma semana um outro daqueles velhos, fodidos e baratos, que ele desmonta e remonta sem parar, é essa a sua grande diversão, então eu o aplaudo por ter finalmente algo com que preencher um pouco do tempo. Faz uns dez anos que está precisando disso. Não seria nada mau se pudesse virar um emprego. Não seria nada mau ter algum dinheiro e bancar a sua própria destruição e não precisar vender as coisas da família porque tem medo de aparecer degolado.

Bernardo deixa a mesa. Atravessa a rua sem nenhuma palavra a mais, a garrafa como peso para que o dinheiro não voe. Ele para na frente da casa. Camilo sai de debaixo do carro e senta no chão.

Bernardo

Suas mãos estão pretas de fuligem e graxa e ele as esfrega numa flanela imunda. Um anel de caveira. Todas as unhas roídas até sangrar. Não olha para mim. Diz que vai lavar as mãos, encarando algum ponto para lá do meu ombro esquerdo, e me pede para esperar no pátio. Eu abro uma velha cadeira de praia e espero.

A piscina é um buraco azul sem sentido, vazia, com uma água rala de chuva no centro e contornos pretos de sujeira, além de um tipo de besouro morto sobre uma folha maior do que ele. Parece mais funda que antes. Piscina vazia é a coisa mais deprimente que pode existir, porque está sempre nos levantando a placa do algo-não-vai-muito-bem. Acabou a infância, o almoço de domingo acabou, brigou um tio com o outro, acabou a paciência para o cloro e o ar livre foi ficando cada vez menos livre, furou o colchão e ninguém se preocupou em comprar outro três vezes sem juros no hipermercado mais próximo, é quente demais no verão e fria demais no resto, tem folha que cai e doença de água parada e, se é só para olhar pela janela, não vale o trabalho e o custo, tudo tão menos divertido do que a gente imaginava que ia ser para sempre.

O mato crescido demais se inclina de melancolia.

A verdade é que não era para ser tão misterioso quanto parece, tudo o que aconteceu naquela noite e tudo que começamos a pensar a partir dela. E nós com certeza começamos a pensar bem mais coisas sobre o acidente do que as que efetivamente aconteceram. Pelo menos no meu caso.

Uma figura passa pela janela, essa janela que corresponde à cozinha, essa figura que corresponde provavelmente à mãe do Camilo e da Antônia, e não sei se são vários tempos que se encontram num espaço (o pátio), o qual vai ter que ser outro para mim e para eles, mas me vem à cabeça um filme antigo, de quando eu era bem pequeno. Só que na minha memória não sobrou título, ator, história, lugar, não tem cena ou música, tudo foi se apagando até que só restasse uma sensação extrema de desconforto, como algum pesadelo que continua a nos assustar muitos dias depois, embora a gente não consiga dizer para o outro sobre o que foi mesmo que a gente sonhou. Tenho exatamente essa sensação.

Camilo reaparece. Ele segura uma garrafa de cachaça pela metade e diz que foi ele mesmo quem fez. Abre. Sinto o vapor do álcool flutuar.

— Prova aí, meu.

Sacode a garrafa a um palmo do meu nariz. Disfarço minha cara de garoto fresco e digo Não, brigado. Camilo toma um gole barulhento e senta numa rede. Se não vai me olhar nos olhos, tudo bem, eu encaro o logotipo do Metallica na sua camiseta. O gosto musical do Camilo é composto por qualquer coisa que você possa jogar em fundo preto. Quer dizer que são vinte e seis anos sem ter trabalhado nem um dia na vida e ainda cultuando as mesmas bandas da adolescência, de modo que todo o seu guarda-roupa ficou cinza, embolotado e com golas tortas.

Eu estava dormindo quando o carro desceu a ladeira, penso, como se fosse preciso testar a frase silenciosa antes de ter que dizê-la em voz alta. Eu estava na minha casa quando. Antônia sofreu o acidente e eu estava dormindo. Não estar no carro quer dizer que deixei de morrer ou que deixei de salvar? Eu não sei. Camilo põe a garrafa no chão. Da casa do lado, vem uma música alegre, viva, rápida, com um trompete cheio de energia. Arranco um pedaço de grama e começo a dividi-lo nas ranhuras enquanto pergunto ao Camilo como estão os seus pais. Ele responde qualquer coisa que eu já imaginava.

Antes da Antônia, eu havia perdido um porquinho-da-índia, e essa era toda a minha experiência com a morte. E não tinha sido de nenhum daqueles jeitos trágicos que é possível perder um deles, como pisoteado por um pai distraído, ou porque ele ingeriu uma comida altamente proibida para porquinhos-da-índia, ou ainda por ter sido colocado dentro de um forno de micro-ondas, que, acreditem, é algo que pode acontecer. Ele durou mais do que esses pequenos animais domésticos e bobos costumam durar e, quando morreu, foi como se isso não fosse muito diferente de estar vivo. É claro que essa foi a minha interpretação, tanto na época (fui uma criança madura) quanto agora, porque eu duvido que faça mesmo muita diferença estar morto ou viver dentro de uma gaiola. Mas eles só vivem numa gaiola porque não têm um cérebro grande o suficiente para se deprimirem com esse fato, eu sei, e o meu erro é me imaginar vivendo suas vidas tediosas de bichos de estimação, concluindo assim que toda a sua existência é de uma tristeza arrasadora.

Arrastam alguma coisa dentro da casa. Olho e não vejo nada. Camilo diz: ela tá mudando os móveis de lugar mais uma vez. Pela sua expressão, compreendo que Camilo acha aquela atitude patética. Mas como assim, mudando os móveis, pra quê?, eu pergunto. Ele revira os bolsos, encontra o isqueiro e os cigarros. Ele dá de ombros e começa a fumar. Daí acho que entendo o porquê dos móveis. E sei que ele também entende. Olho em direção ao muro, para o sol batendo nele. Se a piscina estivesse cheia, haveria ondas refletidas, como um eletrocardiograma, e eu gostaria de ver essas linhas se mexerem, mas não, a piscina está vazia e há o Camilo que me pergunta Você conhece o tal do Cubo?

O Cubo! Eu sabia que teríamos que revisar juntos tudo o que aconteceu naquela noite, como eu fiz tantas vezes dentro da minha cabeça e também com o meu psiquiatra, que é alguém que eu comecei a frequentar depois do acidente, que é algo que também podemos chamar de trauma.

Cruzo as pernas e as descruzo em seguida. Às vezes me lembro de que tenho pernas, e elas se tornam um problema repentino. Digo que nunca fui a esse lugar, o Cubo, nem mesmo sabia onde era, mas agora tenho uma vaga ideia, quero dizer, da sua localização. Ele diz É, eu acho que eu também sei onde fica. Então retomo a palavra e digo que passei na frente um dia, mas que isso foi, enfim, depois, e creio que a palavra *depois* é suficiente para que ele entenda do que eu estou falando, ou pelo menos assim espero, porque eu não gostaria de ter que ser mais claro e, de qualquer maneira, todos nós temos agido desse jeito, sem poder dar nome às coisas. De modo que ele responde Depois, é?, e parece daí que vejo um pequeno sorriso cínico em formação.

Rapidamente sinto meu rosto queimar, como se eu tivesse culpa de alguma coisa. No caso, de não ter estado lá com Antônia. Mas Camilo também não estava lá, e na verdade a culpa dele ultrapassa essa lógica, é muito mais profunda, porque vai além da crença de que uma ação (estar lá) mudaria o curso daquela última noite. Antônia e um acidente fatal é o tipo de coisa que não faz sentido. Camilo devia ter morrido muito antes dela, qualquer um sabe disso. Ele sabe disso. Ele sabe das quantas vezes que saiu de casa com a ideia fixa de morrer, e pouco interessa se era um desejo legítimo ou não. O que interessa é que ele sempre esteve muito perto de. Trago, pó, acidente, briga sem sentido, qualquer coisa dessas. Ninguém se surpreenderia.

Continuo ouvindo a pobre mãe arrastar os móveis. Eles poderiam talvez se mudar para longe daqui, mas, ao mesmo tempo, isso parece pior. Pergunto ao Camilo se Antônia saiu de casa sozinha. Ele diz que sim. Penso em dizer que eu gostaria muito de ter saído com Antônia, que liguei várias vezes e ela não atendia, mas me parece que desse jeito vou estar colocando a culpa da sua morte nela mesma, e por isso desisto. Então acho que Camilo cansa mais rápido do que eu dessa situação desconfortável e tensa, o que é bem natural, porque geralmente demoro para ter coragem de dizer as coisas e fico sofrendo por mais tempo que deveria, e ele acaba o cigarro, pisa nele até que fique bem chato, e pergunta se eu quero jogar umas partidas de sinuca. Eu digo Tá legal, vamos lá.

Atravessamos a rua. No pequeno trajeto, começo a pensar que, levando em conta o estado das coisas, eu e Camilo jogaremos um tipo de modalidade submarina de sinuca, se isso pudesse existir, o que não duvido de forma alguma. Olho para a grande imensidão que é o lago diante de nós. Uma pressão de sei lá quantas toneladas de não sei o que cúbicos sobre a gente. Sobre as bolas. As bolas se movendo devagar, como as balas de um canhão. Os tacos sofrendo uma enorme resistência, até se tornarem completamente inúteis.

Entro mais uma vez no bar do Polaco.

Camilo

Costumo imaginar que esse canto sujo do Polaco se parece com uma velha boate sobrevivente de um desastre nuclear e, refletido nos cacos de espelho colados em desordem, sou algo como o último cara do mundo. Tenho os cabelos emaranhados com as pontas cor de fogo, as olheiras tão fundas que quase dá para chegar do outro lado. Não sei que lado é esse, nem o que tem lá. Andei emagrecendo, minhas bochechas afundaram, os braços tornaram-se mais longos, as veias resolveram se mostrar. Passo os dedos onde não há cacos, entre as pontas afiadas, na parede pintada de preto. Caminhos cheios de pó.

Pela janela, vejo que o lago já está completamente negro. Quando eu e Antônia brincávamos de desastre nuclear, essa era a parte essencial da nossa história macabra. O centro da explosão imaginada. A escuridão do lago podia ser qualquer coisa. Qualquer coisa que fosse nada.

Antes do Bernardo ir embora, o lago já estava do jeito que está, e eu disse: Não parece um buraco negro que vai tragar a gente? Agora deixo o taco em cima da mesa. Antônia e eu estávamos quase empatados no número de vitórias. Se eram possíveis belos jogos nessas mesas esburacadas de tacos tortos, sem dúvida que só poderiam ser os nossos.

Dois caras tatuados se aproximam para jogar. O mais forte tem uma sereia de umas doze cores no bíceps, o que é vergonhoso de qualquer jeito, mas mais ainda para um cara desse tamanho. Olho de relance e com orgulho para a águia da minha panturrilha, depois acendo um cigarro e dou as costas para o bar. Estou de frente para o vazio. É isso que eu quero, o vazio. Às vezes odeio Antônia por ela ter me abandonado, e isso ainda antes, com Bernardo, o seu queridinho. Enquanto ele não aparecia propondo algum filme francês em preto e branco e sem história (ao que Antônia diria sim), enquanto eles não haviam se cruzado por acaso e decidido que precisavam a partir disso viver colados um no outro, eu e Antônia assistíamos a uma porção de filmes de terror, com uma regra clara de depois da meia-noite. No início ela tapava os olhos nas partes mais sangrentas, depois tapava os olhos mas de vez em quando espiava pela fresta deixada de propósito entre os dedos, depois ficava de olhos impacientes e arregalados e torcendo para que elas chegassem logo, porque o resto era só o resto que precisava existir entre uma parte sangrenta e outra.

E Bernardo jogava street hockey com um punhado de outros caras anormais e então Antônia teve que comprar um roller. Ela era realmente ruim nisso, mas o simples fato de ter um roller dentro do armário fazia com que ela se sentisse parte do grupo de pessoas esportistas, e se tem coisa que as pessoas esportistas gostam de dizer para aquelas que não o são é: eu acho que, para o seu bem, você devia começar a praticar algum esporte. Também houve a época em que ela deixava livros em cima da minha cama, que era um jeito nada sutil de dizer que eu não prestava porque eu não tinha lido o suficiente para prestar. Então se decidi experimentar dois desses foi muito, e nenhum além da quarta ou quinta página. Para piorar, grande parte era poesia.

Ouço o estouro violento de uma bola entrando na caçapa, uma dessas bolas fáceis, depois um gritinho de garota aprendendo a jogar, e que a essas alturas acredita que as bolas traçam caminhos aleatórios e eventualmente se batem porque a vida é mesmo um mistério e tanto.

Sinto que alguém está atrás de mim.

— E aí, ganhou de quanto?

Mas que droga, não quero papo nenhum. Viro e respondo ao Polaco que ganhei cinco das seis, e a perdida foi por mera distração. Ele chega mais perto da janela e vasculha com o olhar cada canto escuro do lago, como se de repente se pudesse chegar ali de barco. Alguém o chama com um assobio. Ele ignora. Pega o meu cigarro, rouba uma tragada e fica com a fumaça na boca por mais tempo do que deveria.

— Ele queria o quê?

A fumaça se dissipa na noite.

— Cara, é um assunto nosso.

Polaco ri e diz Você é que sabe. Um viciado em jogo vê cair na sua frente uma quantidade considerável de moedas. Ele as recolhe com o copo sem mudar de expressão. Polaco continua parado, olhando o lago. Quando o vento bate, sentimos o cheiro desagradável que vem da água. Mas acho que não nos importamos mais.

— Ele parecia estranho, você não achou?

— Todos nós estamos estranhos.

Assobiam de novo. O cara da sereia. Polaco costuma xingar quem faz isso. Dessa vez, vai atender. Escuta o pedido um pouco contrariado, olhando para longe. Então volta.

— Adivinha quem tá lá na frente e perguntou por você.

O filho da puta me dá as costas e sai da sala. Também não tenho pressa, nem tanta curiosidade, por isso termino calmamente de fumar o meu cigarro. Jogo no chão, esmago a bituca com o pé. De qualquer jeito, é preciso varrer. Me arrasto até a frente do bar com Pearl Jam tocando no som mal equalizado. Even flow, thoughts arrive like butterflies.

Está mais claro na frente do bar, duas lâmpadas potentes acertando a cara das pessoas como lâmpadas que acertam criminosos. Pessoas em grupos com garrafas e copos. Garrafas no centro de círculos que as pessoas fizeram. Gente sentada pelas escadas que levam até a água (por que escadas que levam até a água, eu não sei). Uma mão encosta no meu ombro e eu me viro para olhar. Tati. Ela sorri.

— Oi, Camilo.

Já me sinto arrependido.

— Oi.

Seus cabelos estão compridos e lisos. Já foram ondulados e pelos ombros. Na verdade, já tiveram muitas formas e muitas cores, assim como seu peso já variou da gordinha gostosa à bulímica com olheiras e todo tipo de meio caminho entre esses extremos, e roupas já foram coloridas ou pretas, seguindo receita de revista vendida em caixa de supermercado e depois baseada em vitrine de loja obscura no quinto andar de alguma galeria do centro da cidade (na qual as pessoas fumam cigarrilhas pelas escadas com seus sobretudos cheirando a vinho barato). Também o modo de me encarar sempre esteve em processo de transformação. Já fui uma espécie de missão social que ela devia cumprir, alguém a ser recolhido e recuperado das negras profundezas onde uma alma é capaz de embrenhar-se, assim como a maior e mais feliz possibilidade de transgressão da sua vidinha ordinária.

— Não imaginava encontrar você aqui.

Ah, entendo, mas é claro que entendo perfeitamente. Não é legal ser visto num bar quando sua irmã morreu só há dois meses, porque, além de esperarem que você fique chorando trancado no quarto, também desaprovam o fato de você estar cercado de álcool, logo quando uma das desconfianças que as pessoas têm é de que ela estava tão bêbada que não pôde evitar sair voando ladeira abaixo e acabar esborrachada num poste. Mas eu fico em silêncio. Tudo bem com você? Tudo legal. Pearl Jam com os baixos estourando. Is something wrong, she said. Well of course there is. You're still alive, she said. Tati pergunta se estou a fim de dar uma volta e eu digo que estou, afinal não tenho nada melhor para fazer (o que eu não digo).

— Só que vendi o fusca e comprei um chevette 88, mas ainda tô montando.

Ela sorri. Como alguém que acha bonitinho montar carros, mas que não entende droga nenhuma. Então vamos caminhando. Contornamos o lago com copos de plástico nas mãos. Tati adora bebidas com nomes bastante idiotas, do tipo Cinta-Liga Púrpura ou Sadomasô, e a de hoje tem um gosto mentolado e a consistência grudenta. Caminhamos até a pequena praia, solitária e cheia de lixo, onde há pelo menos três galinhas mortas com estátuas de santos negros, velas vermelhas e balas de mel. Ela senta no muro que separa a calçada da faixa de areia, enquanto uma coruja espreita no topo de alguma árvore. Tati cruza as pernas. Ela nunca se sentiu completamente à vontade comigo. Eu olho para os pontos brilhantes que são o bar do Polaco, os postes de rua e as casas de quem ainda não pôde dormir.

Decido beijar a Tati. Ela me afasta. Diz: você não viu o meu dedo, viu? Que papo é esse de dedo? Sento do seu lado e ela se reacomoda para ficar a ao menos dois palmos de distância. Mostra a mão direita.

— Tô noiva.

Eu pego a mão dela e sinto a aliança. Dou uma gargalhada. Se casar já é uma grande merda, noivar é a coisa mais absurda que alguém é capaz de fazer. E grande coisa que você tem um noivo, digo a ela, e também Onde é que você foi arranjar um noivo, hein, quem é que precisa noivar hoje em dia? Mas acho que no fundo está de bom tamanho para o futuro da garota mais normal do mundo, que precisa trepar de vez em quando com um cara como eu para não morrer de tédio. Tati fica muda enquanto olha para algum ponto fixo da água, quero dizer, para a água que não vemos muito bem. Eu ouço a coruja. Ouço minha própria gargalhada em eco, como se os controladores do eco estivessem tão interesados na patética história de nós dois que esqueceram de repetir a minha risada na hora certa.

Pergunto o que o noivo faz. Ela diz que eu nunca me importei com o que as pessoas faziam, então por que essa pergunta agora, e eu seguro o braço dela e repito O que ele faz? Então quase escondendo as palavras ela responde É contador, e eu rio de novo, rio tanto que chego o jogar o corpo para trás, e o riso ecoa em todos os cantos da nossa paisagem desolada. Qual o problema de ser contador?, Tati pergunta. Nada. É ótimo. Escondo um sorriso nas sombras e, antes que ela possa apelar para alguma verdade, e antes que eu possa me irritar demais com isso, faço a expressão mais doce que sou capaz de fazer. Sei bem pegar no ponto que cede. Ô gata, que furada essa de noivado, hein. Ela ri. Foi muito doido mesmo, conheci o cara faz tão pouco, e Tati continua a história nessa direção, contando o que não me interessa em nada, enquanto cavouco a areia com o tênis, querendo fazer uma fenda que chegue até a alguma parte mais dura. E, de repente, ela pergunta: você já foi no Cubo? Cristo, isso me pega mesmo de surpresa.

— O Cubo?

Ela balança a cabeça. Levanto e digo que ela precisa me falar tudo que sabe sobre esse lugar, tudo e agora. Ela não entende a mudança brusca de tom, aliás, nunca entendeu as mudanças de tom e sempre me olha com cara de peixe, deixa de ser gostosa por uns minutos e fica com essa cara de peixe de quem está pensando pela milésima vez que eu não sou bem certo e que ela devia a essa hora estar bem longe de mim. Calma, é só um lugar, ela diz. Só um lugar meio metido que não deixa qualquer um entrar.

— Como assim? O que tem que fazer para entrar?

— Fazer nada. Tem que ter.

— Ter o quê?

Ela abre a bolsa e se esforça para que a luz amarela dos postes a ajude um pouco. Eu fico ansioso esperando, ansioso demais enquanto ela revira tudo, colocando para fora a chave, o celular, o absorvente, a carteira, o batom, e finalmente Tati me mostra um pequeno cubo vermelho.

Polaco

Coloco sobre a cama a velha caixa de biscoitos com a figura de um trem, que enchi ao sul e nunca mais abri. Extremo sul, último quadrante do mapa, um ponto escondido naquela dobra que faz o uso, onde o mundo acaba numa parede branca e é preciso subir outra vez. Quase tudo cabia numa mala, e a sobra do fundo das gavetas pus nessa velha lata de biscoitos. Nunca mais, nunca menos de uma mala. Sentei sobre ela enquanto esperava. Há muita espera numa fuga, e delírios de comprar disfarce em terminal rodoviário, mas nem óculos escuros eu providenciei e, para controlar a ansiedade, não havia levado relógio. No ônibus, fingi que dormia, porque dormir não dava, e conversar eu não tinha vontade.

Vi o dia nascer vermelho nas minhas pálpebras. Desci do ônibus com a mesma idade que Antônia tinha ao morrer. A cidade se abriu num viaduto, os postes alinhados em reverência, as pessoas com a cabeça baixa.

O céu misturava azul e janela e a voz do povo.

O trem com a lua cheia, o trilho em curva, impressão em

lata que dá a impressão bem vaga de pintura a óleo nessa caixa que eu nunca mais abri. Como as mãos corriam quando juntei o fundo das gavetas, os postais me contando sobre atração turística e temperatura e almoços, as fotos dispersas, as cartas da Rosa embaixo das meias.

Abro a caixa. A primeira coisa, a última a entrar. Minha família em suas melhores roupas, distribuída por altura nas escadas da frente de casa. O pai e a mãe no último degrau com o olhar duro (era esse que achavam ser correto registrar, embora não tivessem mesmo muitos outros), enquanto eu e minhas irmãs, sem jeito para escolher cara nenhuma, ficamos só com o constrangimento. Deve existir algum bom motivo para termos tirado essa foto. Não tiramos muitas na vida. Não havia nem tempo nem dinheiro para pensar em lembranças, ou ao menos era o que a mãe dizia: passado é para quem pode se preocupar com isso. De modo que, mesmo bem depois, quando poderíamos comprar uma máquina fotográfica descartável, embalada num saco prata e com propaganda em horário nobre da tevê, acho que meu pai tinha a impressão de que nada que fizéssemos mereceria ser fotografado, e as economias iam desse para outro fim. Algum fim mais concreto, que é disso que entendem os com pouco dinheiro.

Os biscoitos eu ganhei da minha irmã mais velha, eram ruins, e por isso existem as latas de biscoito com desenhos de trem, para compensar. As latas de biscoito e as péssimas ideias de guardar coisas dentro delas. Papéis amarelados, jornais amarelados, o amarelo é a cor do passado, da vida esquecida. Não quero nem devo lembrar. No pequeno recorte, a festa de Natal da cidade. Meu nome no último parágrafo. Toquei umas músicas no acordeom, eu tinha seis anos, e com essa idade ninguém se importa se você erra as notas, desde que mantenha a postura de criança simpática. Deixei o acordeom com dez, porque a matemática das partituras me deixava louco. Na verdade, vendi. Talvez tenha virado uma parte da minha primeira bicicleta.

Sorrio no canto de uma foto encoberta por um postal com praia e coqueiros. Puxo para ver o resto: eu e mais três meninos em primeiro plano, com uma girafa logo atrás. Vestimos o uniforme azul do colégio e eu aponto para a girafa, sem perceber que o seu pescoço está dobrado e que avançou a grade de proteção a ponto de estar quase tocando a minha cabeça. A girafa olha fixamente para a câmera. Então quero ver Eduardo, o irmão da Rosa, porque sei que o sujeito do bigode tem a ver com a Rosa e preciso rever e redescobrir essa gente que são os Festugatto. Mas Eduardo não é nenhum desses garotos, mesmo que eu me lembre muito bem da sua presença no passeio ao zoológico e, sendo daquelas crianças que precisam aparecer e que por isso pulam no meio do grupo antes que apertem o botão da máquina, devo imaginar que a essa hora ele já estava longe da girafa e dos colegas, à procura de animais que rugiam deitados no intervalo de destrinchar carcaças.

Meia página de jornal quer vender um produto que já não existe, e eu viro o recorte com a expectativa de quem recebe cartas no pôquer. As letras pretas, grossas, dizem: Trinta anos da Serraria Festugatto. Numa grande imagem à esquerda do texto, eu corto um ipê com uma serra circular. Estou usando óculos protetores, luvas e uma máscara que cobre meu nariz e minha boca. É que a foto pedia farsa, nada além, enquanto a verdade era que não saíam do lugar, os óculos, as luvas, a máscara, os anos passando e eles em seus pregos, imóveis, esperando em vão que alguém decidisse trabalhar dentro das normas. Nas normas, por quê? Era mais fácil o contato direto de madeira e pele, era mais fácil se fundir todo com a serragem e, de noite, em casa, descalçar os sapatos e descobrir que ela ainda estava lá, e que na cabeça ressoava o barulho das serras, com os seus dentes encurvados salpicando lascas, como um velho que não consegue mastigar sem que lhe caia uma parte da comida.

Era assim que trabalhávamos, eu e Jorge e seu cigarro e as cinzas do seu cigarro que, com Jorge inclinado, ficavam penduradas na vertical até despencarem sobre as tábuas. Mas então bastava um sopro. E na nuvem de serragem que embaçava a minha visão, nos montes se formando aos nossos pés, que depois se transformavam em recheio de boneca, combustível de olaria, cama de galinheiro, vinha a Rosa. Maltratava os pés naquele chão cheio de armadilhas para trazer um pedido, que dizia nome, prazo, medida e quantidade. Prendia no prego e saía outra vez para a recepção, onde ficava atendendo gente e telefone quando não era hora do colégio. Um vaso de violeta, sofá de couro, uma cabeça de cavalo esculpida em madeira e, no balcão, a pequena fonte de ametista com o fio visível, cujo ruído ela dizia que acalmava. Eu, aos poucos, enlouquecia.

E reviro mais a velha caixa, até encontrar umas fotografias com moldura branca e papel fosco, a impressão dourada na moldura que diz de novo Trinta anos da Serraria Festugatto. Taças de champanhe. Sorrisos brancos, falsos, vestido alugado, guardanapo de pano dobrado em forma de coroa (como se todos pudessem chegar lá). Com um terno que me cai mal, tento sorrir. Disfarçávamos bem: Rosa só está nas fotos em que eu não estou. Seu avô, numa cadeira de rodas, tenta resistir ao jantar enquanto é cercado pelos predadores da família. Casais dançam no salão do clube. E ali está ele, atrás dos casais, capturado com o prato na mão entre o bufê e a mesa. Não, não é certo. O certo é que se parece muito com o sujeito que esteve no bar. Sem o bigode, o cabelo também cortado de outra maneira. Mas dezesseis anos é tempo suficiente para decidir tirar ou deixar crescer um bigode e mudar o corte de cabelo. Pode ser ele. Nada está escrito no verso da foto, e não há mais nada que eu relacione com esse rosto, além dessa vaga impressão de que ele me remete aos Festugatto. Olho mais uma vez, e de mais perto, com a ilusão de que o segredo está na imagem. Separo a foto, fecho a caixa e deixo as duas sobre a mesa de cabeceira.

Helena

A novela na tevê da loja de conveniências é a última da noite, no mute, o som infinito dos freezers acompanhando um diálogo entre a lésbica e a mãe na cadeira de rodas. Lá fora, num encaixe confuso e pouco civilizado, vários carros esperam para abastecer porque o preço da gasolina vai subir amanhã e, além do mais, a cada vinte litros você concorre a uma semana num resort budista. Um resort budista é um lugar onde seus amigos adorariam saber que você foi. Eu sei. Eu passo tempo demais aqui. Eu invento cappuccinos, desejo de torta de morango, finjo para mim mesma a importância de um hálito de hortelã. Não aguento mais a empresa, chegar na empresa enquanto todos estão saindo de todas as empresas com as caras cansadas e contentes. Faço pausas desnecessárias. Mas hoje há uma forte razão. Há o Bernardo que me olha e, como esse silêncio dura mais que o limite do conforto, ele se levanta e pergunta o que eu vou querer. Um café, eu digo.

E espero o café.

Vejo o edifício do outro lado da rua e as janelas acesas do oitavo andar, entre todas as outras que estão no escuro. E pensar que isso já me fascinou tanto. Os lugares vazios, antes tão sedutores, as tarefas em post-its esperando o dia seguinte sobre as mesas abandonadas na pressa de final de expediente. Um casaco esquecido. Um telefone que toca e ninguém atende. Só eu e Catarina no andar, como se estivéssemos cometendo algum tipo de crime. Como se destilássemos uísque se houvesse lei seca, ou imprimíssemos panfletos subversivos se houvesse ditadura. Mas o que tem é gente que se mata no meio de rua sem calçamento, um olho por trás de janela de casebre fingindo que não viu, o carro escrito *reportagem* correndo a via de acesso à zona leste atrás de notícia da madrugada, que é quase sempre morte. As grades cobrem as lojas de produtos falsificados. E depois tem gente que me recebe com luto fresquinho, ainda na fase do atordoamento, falando do morto com os verbos conjugados no presente (que é coisa que se demora para perder). Eu ali com o bloco faço o esboço da tragédia, aceitando o café já adoçado (não foi uma nem duas vezes que ouvi que, na cozinha, se quebrava uma louça). Na volta à empresa, como na ida, o motorista e eu mal conversamos. No máximo ele olha umas nuvens pesadas e diz que vai chover no dia seguinte, caso elas estejam em sei lá qual ponto cardeal (senão, não). O rádio toca uma canção velha atrás da outra, como num baile para a terceira idade.

Bernardo volta. Ele traz dois copos de isopor com café e mexedores de plástico que serão inúteis daqui a três segundos. Abre um envelope de açúcar, despeja o açúcar no café, mexe. Passa a língua no mexedor e o coloca sobre a mesa. Eu digo: você devia tentar a torta de morango da próxima vez. Bernardo sorri. Eu tomo o primeiro gole do meu café sem açúcar e Bernardo pergunta: Quanto tempo você tem? Respondo que vinte minutos ou um pouco mais.

Mas tempo para quê?, penso. Eu não estava com Antônia naquela noite. Eu trabalho de noite. Eu faço plantão, seis dias sobre sete. Festa para mim é só aquela fila que eu vejo do carro na frente do lugar aonde eu costumava ir, com as pessoas tirando os últimos goles das suas garrafas de vodca e, nas jaquetas apertadas, os buttons das bandas que recém-lançaram seu primeiro álbum. E Bernardo ainda me pergunta se Catarina continua torcendo para que o Mick Jagger morra de madrugada! Sim, ela já tem toda a matéria na cabeça, e não é fama o que ela quer, a Catarina, ela apenas adora os Rolling Stones e o Mick Jagger. Jeito estranho de adorar as coisas, diz Bernardo. Mas sei que ele não está interessado nisso, nem em Catarina, nem em Mick Jagger, nem no jeito estranho de adorar as coisas.

Ele termina o café e brinca com o envelope vazio do açúcar. Os grãos que sobraram se espalham sobre a mesa. Eu digo a ele:

— Eu não tava com a Antônia. Você sabe disso, não sabe?

— Eu também não tava.

Ele fica olhando para as suas próprias mãos e para o logotipo do envelope de açúcar, para a data, a origem e todas as informações que as letras pequenas trazem. Duas garotas entram na loja e pedem a chave do banheiro. A mulher do caixa alcança uma garrafa de lubrificante para motor que tem a chave pendurada na tampa, e as garotas saem rindo e se escorando uma na outra. Um banner balança por algum tempo depois que elas batem a porta de vidro. E de repente estou pensando em Catarina, que diz: Ela era tão bonita.

— Mesmo assim, você podia saber de alguma coisa.

Que tipo de coisa?, eu pergunto, e ele diz que na verdade não tem a menor ideia do que eu poderia saber. Então continuo ouvindo a frase, Ela era tão bonita, tanto, essa frase repetida, o fim colando no começo da outra, e Catarina diante do computador com a tela em branco, sem poder começar.

É que há essa outra parte dura do emprego em que é preciso discar os mesmos números todas as noites e ouvir a voz rouca do inspetor Scheidt e também Marlene, que fala demais, da família, dos feridos, com a sirene das ambulâncias chegando no hospital ao fundo e, quando estou a ponto de desligar, ainda a pergunta de quais são os meus planos para o próximo feriado. Mesmo que ele esteja muito distante e que caia numa quarta-feira.

Às vezes tudo está calmo, às vezes não.

Um carro perdeu o controle na ladeira, Marlene disse ao telefone, enquanto eu dava pequenas mordidas na tampa da caneta pensando que mais uma coisa estúpida havia entrado na contagem de coisas estúpidas do mundo. Bernardo está olhando para dentro do seu copo vazio como se tivesse descoberto uma mensagem secreta no fundo. Não, eu não vou contar. Ainda faltam dez minutos talvez, e eu não vou contar. Há um bom show de jazz na cidade amanhã, eu posso falar sobre isso. Eu posso dizer que a empresa me deu dois ingressos e que eu estou ocupada amanhã. Ele que fique com os dois.

— Você gosta de jazz?

Ele gosta. Ele mais do que gosta: ele parece disposto a falar sobre isso. Cab Calloway, Cotton Club, trilhas do Woody Allen. O vizinho que tocava sax e, no elevador, você podia ver suas bochechas inchando. É aí que eu paro de escutar. Olho fixamente para os painéis com fotos gigantes de pães e de doces, e logo aquelas meninas voltam para devolver a chave do banheiro. Colocam a garrafa azul de lubrificante sobre o balcão. Elas se beijam. Se beijam e saem da loja de conveniências, e lá fora eu as perco de vista. Um frentista se aproxima do vidro e troca risadinhas com a mulher do caixa.

Eu desliguei o telefone e disse Catarina, uma menina morreu num acidente de carro, você pode ir? E eu fiquei. Eu abri uma janela (porque essa é a vantagem de trabalhar no horário em que trabalho, não preciso aguentar o ar-condicionado dos outros), e continuava meio paralisada na janela, olhando os telhados e um ou outro carro que iluminava por alguns instantes as ruas pequenas, quando Catarina voltou. Ela acendeu todas as luzes do andar. Fui até sua mesa e lá estava Catarina, parada diante da tela branca. Então ela me olhou e disse: ela era tão bonita. Os olhos de Catarina estavam vermelhos. Ficamos chocados quando pessoas bonitas morrem.

E de repente li o nome de Antônia no bloco aberto sobre a mesa, a caneta que havia repetido os traços um sobre o outro, como se assim eu pudesse ter mais certeza de que aquilo tinha acontecido. Catarina disse: Helena, o que você tem? E levantou e me sentou na cadeira. O mundo inteiro ficou em pausa por bastante tempo.

Agora olho o relógio. Menos para ver a hora e mais para mostrar ao Bernardo que eu preciso ir. Eu digo a ele: vou deixar os ingressos na recepção com o seu nome. Ele me agradece. Eu tiro do bolso o dinheiro dos cafés, mas ele se adianta e vai em direção ao caixa. Digo que é besteira, eu já tenho certinho aqui, e ele responde que precisa trocar uma nota de vinte de qualquer maneira. Insisto mais uma vez e sinto que é a coisa mais imbecil que estamos fazendo, tanta cerimônia por causa de um café no intervalo do trabalho. Ele paga. Nos despedimos. Eu digo: se cuida. A mulher do caixa está fazendo as unhas. Atravesso a rua e Bernardo entra no carro.

Bernardo

O posto fica para trás e eu ligo o som. Aqui nesta cidade, sem carro conversível, sem celeiro ou campo de trigo, sem torta de cereja a cada cinco quilômetros ou neon de motel a vinte e cinco dólares, mas ouvindo um disco de country dos anos quarenta, ouvindo Hank Williams e as suas canções com yodel-iiiis e yodel-oOoOs, um coiote desafinado que morreu de overdose antes de o rock existir, numa limusine a caminho de Montgomery. Ele é hoje uma estátua de bronze no Alabama, e eu estou bem longe de lá. Ele embala a minha noite infeliz, ele é tanto um arquivo pirateado até o outro continente quanto o som que sai de uma jukebox em que o cara de camisa de flanela recém-colocou uma moeda para curtir sua bebedeira solitária no ritmo de uma velha canção. Será que não faz mal ouvir as vozes de tantas pessoas mortas? Continuo sem entender aquela noite e ganhei dois ingressos para um show de jazz. Chego numa esquina e vejo uma lanchonete toda iluminada. As pessoas comem os seus hambúrgueres no carro, com os bancos reclinados e as conversas de sexta à noite. Ainda não é a hora de as pessoas comerem os hambúrgueres no carro e com a maquiagem borrada, mas quase, a hora em que até os funcionários esquecem os bordões decorados no treinamento com o sujeito de terno, que distribui listas de metas e pesquisas duvidosas de satisfação do cliente.

Eu deveria entrar à direita nessa esquina se quisesse ir para casa, mas pego a esquerda, fingindo que não sei para onde vou.

Lembro-me de ter brincado de caubói até já não ser mais tão pequeno e não precisar de arma de plástico nem cavalo de pau, que o importante não era dar tiro que fizesse barulho, mas sentir a vontade de matar ou de fugir. Podia até ser no quarto, o quarto era tanto saloon quanto deserto ao pôr do sol, eu tanto bandido quanto mocinho. Preferia que ninguém brincasse junto, assim o mundo todo era meu. Antes de sair da arma imaginária, a bala já tinha caminho decidido. Se ia acertar ou passar perto, eu já sabia, e a derrota do fora da lei encaixava direitinho na vitória do xerife.

E disso fui pro carro, Hotwheels das cores que não se encontram na vida. Mas deixava de lado a pista e levava para areia, grama, beira de piscina. Meus carrinhos só andavam porque estavam sendo conduzidos por alguém. Motoristas imaginários que eram agentes secretos, assassinos em série, super-heróis. Sempre tinham uma razão para andarem no carro. Toda a história estava montada. Sempre sabiam de onde tinham saído, e para onde estavam indo, e o que estavam procurando.

Dirijo por ruas pequenas, com casas e edifícios de no máximo cinco andares. Paro nas placas de pare e olho para os dois lados. Hank Williams morreu com vinte e nove anos, o que quer dizer que você pode viver pouco e durar muito, mas tudo isso é uma droga caso você não tenha revolucionado o country, caso você não tenha feito nada que mereça uma estátua. Dou sinal para ninguém e entro numa grande rua. Logo mais vou chegar na descida, mas então dirijo devagar para poder ver melhor. É tão íngreme que na verdade não se vê a descida em si, mas apenas um final abrupto, que dá a sensação de que a rua se interrompe num ponto e de uma hora para a outra. Quem cresceu por aqui sabe que Antônia não foi a primeira nem será a última a sofrer um acidente nesta rua. Você ouve histórias. De caras com futuros promissores que acabam implodindo o seu próprio caminho. De jovens eufóricos indo de um lugar legal para outro, quando então o impacto os leva para onde não há mais nada.

Ando a vinte e cinco quilômetros por hora. Todos os carros me ultrapassam. Eu os observo. Quando começam a descer, é como se desaparecessem. Então logo é a minha vez. A rua já se inclina uns cem metros antes, mas de forma muito sutil, e de repente você está naquele ponto, naquele degrau, naquele precipício, na ladeira que, você dizia a seus pais, dava frio na barriga, Passa de novo, passa de novo!, com todas as luzes da cidade na sua frente, as luzes que, a uma certa distância, piscam, por um princípio da Física que você ignora, o carro que dá um tranco e daí desliza, aquela ideia delirante de montanha-russa, suas mãos de unhas roídas tocando a janela, o turbilhão que entra pela fresta, as árvores, os prédios, os postes como que fora de esquadro.

Entendo que há um momento em que o carro pode se descolar do chão com relativa facilidade se estiver indo rápido demais. Caso isso aconteça, tenho certeza de que é muito tarde para se tomar qualquer atitude que possa salvá-lo: sua vida simplesmente para de apresentar uma alternativa correta nas questões de múltipla escolha.

Olho para a esquerda, mesmo sabendo que eu não devo. Vejo que trocaram o poste que, com o impacto, havia sido arrancado do chão. Mas ele ainda não está ligado em nada, nenhum fio de energia ou telefone, de modo que parece marcar apenas um local e uma data, como um obelisco. Como uma estátua que só eu posso ver.

Desligo o som. Dobro duas vezes à direita e estou lá em cima de novo. Estaciono e desço. Fico observando o movimento e, na traseira dos carros, as luzes vermelhas do freio, que se acendem invariavelmente no mesmo ponto da rua. Um reflexo condicionado. O que Antônia pode ter feito de diferente, e por quê? Difícil que alguém tenha visto. São prédios comerciais, a maioria, com grandes números dourados, nomes em inglês e fontes desligadas na frente. Paro diante de um deles, o 60, e tenho a nítida impressão de já ter estado aqui. Um advogado? Nunca precisei de um. Um médico? Não neste lugar. Ah, sim, uma casa de câmbio, para aquela Europa a menos de trinta euros diários. Nunca foi tão difícil fazer uma coisa simples dessas, trocar dinheiro, coisa de quarenta minutos ou mais, coisa de tirar foto, de alcançar documentos, motivo do câmbio, profissão, valor, de conversa por microfone, Aguarde só mais um momento, e finalmente me abrirem a porta depois de terem me instruído, via alto-falante, a deixar todos os meus pertences me aguardando numa salinha. Detesto lugares assim porque, quanto mais nos envolvemos em suas medidas de segurança, mais imaginamos que algo pode acontecer a qualquer momento, que seria natural mesmo que acontecesse, todos tão ansiosos esperando por isso.

Há uma lua quase irreal hoje, que os vidros escuros do prédio 60 refletem. Câmeras, é isso. Câmeras preocupadas com vândalos ou ladrões. Câmeras que nos mostrem o que ninguém estava para ver. Uma na entrada da garagem. Não me serve de nada. Então procuro mais e pronto. Apontada para a rua, a câmera se mexe como um pequeno robô do mal. Eu, quase feliz, quase sorrio.

Camilo

Sigo os olhos de gato com os olhos meio fechados, e tudo em volta é mato ou pasto. Quantos quilômetros ainda, nem sei, o para-brisa cravado de estrelas que eu nunca conheci. Digo para a lua: Parece que somos só nós a esta hora, ahn? Ela está cheia, e eu também. Se eu pudesse, me perderia para lá de onde acaba o asfalto, nos caminhos estreitos que vão até as fazendas. Eu a vejo. Os sulcos da terra me levam até Antônia, entornado de barulho selvagem, de bobagem, de culpa, e o céu assume alguma forma intimidatória, com clarões e peso de tempestade, como numa música de metal épico que narra a triste história turbulenta de nós dois.

Estou sem os meus tênis. Eu ando com os pés descalços na terra fervendo que reteve o sol do verão, eu corro com os pés descalços, e não é verdade que os vermes sabem quando vai chover, e que daí sobem com sede? Sinto seus corpos gosmentos entre os meus dedos do pé, e corro. Também as libélulas sabem, vinham avisar na praia, e que a mãe recolhesse a roupa do varal, e que a mãe pedisse à Antônia que não fosse longe, que não fosse ao mar sobretudo, que não fosse na verdade para além do contorno da quadra, pedalando, pedalando com as primeiras gotas que se espatifavam no calor, pedalando, correndo acompanhada do cortejo das libélulas, no jeito tonto de voar com dois pares de asas. Antônia desafiava a mãe, não vinha, e daí os por-favores e os exageros, e logo eu batendo a porta, descendo as escadas de dois em dois e, na rua vazia de gente que havia desaparecido com pressa, minha misssão era tirar Antônia da chuva. Mas eu acabava ficando também.

Se houvesse ao menos um som nesta droga de carro da seguradora. A reta acabou e há curvas, curvas vazias, pelas quais eu subo enquanto eles dormem de boca aberta e cabeça batendo na janela. Mesmo antes de sair da cidade, eu já estava arrependido. Queria ter dito não. É um sitiozinho de quinta, com colchões embolorados e jogo de damas há duas gerações no armário para aqueles dias de tédio. Eles são um tédio. São medrosos e tão cheios de desejos profundos para sempre enterrados onde estão. E o que será, eu sei, o meu fim de semana patético, Marcos atrás de um bagre com sua caixa de iscas idiota (que é como ter no colégio um estojo de lápis de cor todo organizado), Aline e o repelente que fede renovado de hora em hora, Tati com a sua dieta de não sei quantas fibras.

Mas há uma chance. Ela brilha. Jogo minha bituca pela janela. As letras talhadas na madeira brilham nessa clareira que surge depois de uma curva qualquer. Rancho da Cocada. Paro o carro, que dá uma guinada no areião, e eles acordam confusos e dizem Chegamos? Não, ainda não. Eu abro a porta, desço, eles estão olhando para o lugar, para a casa comprida de madeira escura e para os caras na entrada com os rostos encobertos pelos chapéus, e Marcos diz Que porra é essa? Aponto para as letras e bato a porta do carro. Eles vêm atrás de mim.

Os caipiras sabem que somos forasteiros. Só pelo cheiro eles sabem. Ficam com os copos no ar, cortam as risadas ao meio, tiram de perto suas mulheres. Nossos pés sem botas, movimentando-se em silêncio, são falhas de caráter, e conspiram como Judas. Eles jogam sinuca, pôquer, ou estão simplesmente bêbados e imóveis pelos cantos, as caras destruídas pelo sol iluminadas agora pelo neon de uma marca de cerveja. Há uma cruz que balança em cada camisa aberta e, no pôquer, as mãos grosseiras não conseguem segurar as cartas sem amassá-las, enquanto os pares de olhos mal-intencionados convertem em dinheiro as pilhas de fichas do centro das mesas. Mas só eu tenho a coragem de encarar esses caras de mangas arregaçadas mostrando os relógios falsos comprados na fronteira. Só eu tenho a coragem, só eu encarando esses caras que assobiam forte para as garçonetes de minissaia e que não pensam em outra coisa que não seja enriquecer, até o último fio da vida essa ideia incrustada na cabeça como a merda de cavalo em suas botas de couro sintético. Só eu. Marcos é de se intimidar fácil, sei bem de quantas brigas já se safou vergonhosamente, e as garotas têm medo e ficam paradas ao lado do bar, olhando fixo para uma fila de copos emborcados. Então eu digo a elas Relaxem, nenhuma de vocês se parece com uma puta. O quê?, pergunta Aline. Eu digo Ah, deixa pra lá, e peço uma dose de conhaque. Não. Peço duas logo de uma vez.

Os caipiras retomam suas partidas, suas cantadas bregas, suas piadas, e eu acompanho o movimento de longe, inquieto, querendo a minha parte, a minha trinca de damas agora, as minhas fichas recolhidas com as duas mãos. Eu traio o rock e balanço a perna no ritmo da música deles. Aline pergunta: Sério mesmo que você acha este lugar legal? Olho para ela e depois para Marcos, que está ocupado conferindo as coxas de uma mulher antes que ela suma atrás da porta de vaivém do banheiro. Digo a Aline: Claro. Ela me encara tentando entender e, como não entende, se irrita e fica esperando o apoio de Marcos e Tati. Os dois não dizem nem uma palavra.

— Você pode ao menos não demorar muito? Nós vamos esperar você no carro, tá bem?

Aline puxa Marcos, Tati vai atrás, e Não esqueçam de trancar as portas! é o que eu grito. E fico exatamente onde estou, sorrindo para quem me olha, ei, caras, eu ainda estou aqui e, depois de algumas doses, vou estar sentado entre vocês, com um charuto na boca e minha trinca de damas na palma da mão.

Vejo aquelas coxas de novo, saindo do banheiro, uma quarentona gostosa, e fico pensando se Marcos ainda há pouco se lembrava das nossas noites insanas em bares de mulheres divorciadas, naquela época em que havíamos cansado dos problemas que toda e qualquer garota de vinte e poucos anos trazia. Não duraram mais do que cinco ou seis noites, de qualquer maneira, as nossas incursões aos inferninhos que ofereciam uma nova chance às mulheres desesperadas, elas e suas roupas novas com as quais haviam passado um bom par de horas na frente do espelho antes de sair, decidindo se estavam ou não ridículas demais. E a verdade é que chegavam ainda sem ter bem certeza, dando puxões para esconder algum pedaço de pele, com medo de não conhecer as músicas, de ficar tontas logo no primeiro copo, de sentir saudades da vida que tinham, de voltar para casa sem esperança alguma. Enquanto isso, nós estávamos lá, eu e Marcos, no meio da transformação radical de suas vidas, rindo e ensinando os nossos passos de dança.

Mas acontece que não era tão divertido quanto parecia. Elas passavam bons momentos com a gente, é verdade, estavam reaprendendo a se divertir, liberavam a alegria contida por décadas dentro de seus casamentos em frangalhos, mas, mesmo assim, havia sempre algo triste que emanava das conversas, dos olhares, e isso acabava com as minhas noites. Isso me apodrecia. Tanta expectativa frustrada, tanta vítima, a crença cega de que os maridos terminam inevitavelmente se apaixonando por ninfetas, as quais, segundo elas, são burras e vulgares demais, e a sede, e o desespero, e a necessidade de se agarrar a qualquer coisa que possa dar uma nova razão para a sua existência, porque todas tinham aprendido que elas mesmas jamais bastariam. Eu simplesmente sentia nojo de tudo isso.

Mas essa mulher era outra. Não precisava reencontrar qualquer tipo de segurança ou respeito por si mesma. Ela nunca tinha perdido nada.

Sorri e vem na minha direção.

— Nem tente o pôquer. Eles vão depenar você.

— Você acha?

— Claro. Eles só têm essa diversão. Você deve ter outras.

Ela pede uma cerveja e começa a me contar boas histórias de trapaceiros acuados no banheiro, de poça de sangue e polícia, os lábios cheios amaciando as tragédias, e vamos nesse ritmo etílico de vida no campo, de amigos putos no carro, de forma que, quando ela me pergunta de onde eu sou, o que eu digo é Lá da Capital, assim, com um cê maiúsculo de orgulho e pompa. Na mesa de pôquer da extrema esquerda, quem fatura sempre é um sujeito com o maior queixo que eu já vi. Ele é, basicamente, o seu queixo. Qual é a razão de ser discreto? Eu fixo os olhos naquela partida. Ela pede mais uma cerveja para ela e um conhaque para mim. Balanço o conhaque, faço-o rodar, a cor incrível do conhaque no meu copo de príncipe. Ele vende pó, ela diz. Quem? O Queixo. Meus olhos em chamas, e ela ri: Sério, sou cliente fiel. Dupla e positiva surpresa. Caipira traficante, quem diria! Eu nunca teria imaginado. Imaginava era um capim no canto da boca, isso com certeza. Você quer?, ela pergunta.

— Claro. E quero também saber quem é você.

— Simone.

Ela dá um gole para acabar com a cerveja do copo, mas daí decide não tomar até o fim.

— Pode me esperar lá fora, se quiser.

Mas eu ainda tenho conhaque, e fico. Ela vai na direção da mesa e troca um rápido olhar com o Queixo, que responde fazendo um sinal com a cabeça. É sua hora de apostar. Ele paga para ver e perde para um cara com um colete de brim, uma sequência vagabunda em forma de leque sobre o feltro, e então, sem que pareça minimamente afetado pela derrota, o Queixo mete nos bolsos da camisa as fichas que sobraram e cai fora do jogo.

É nesse ponto que eu me distraio, porque um homem imenso está entrando no bar, tão alto que precisa ficar de olho nas vigas para não acabar com uma fratura no crânio. E todos estão olhando para ele. Não da maneira como olharam ainda há pouco para nós, os quatro forasteiros, nem da maneira como se costuma olhar alguém simplesmente porque esse alguém é alto demais. O homem senta sozinho numa mesa e espera. Ele não procura estabelecer nenhuma espécie de contato visual com as garçonetes, só fica lá sentado esperando, como se tivesse todo o tempo a perder, a cabeça um pouco inclinada, olhando fixo para a superfície da mesa.

Mas as pessoas não conseguem esquecê-lo. Elas apostam, cantarolam, elas jogam conversa fora, fumaça na cara uma da outra, elas terminam seus copos e pedem mais, mas volta e meia, ao olhar para o cara alto e solitário, ficam contemplativas como o diabo, e perdem o fio da meada.

Uma garçonete se aproxima dele enfim. Os dois discutem longamente, e eu quero ouvir, mas não consigo, eu ouço a música que fala em encontrar Jesus na estrada com aquela percussão tábua de lavar roupa estilo Johnny Cash. As pessoas agora olham sem vergonha alguma, como se fosse um espetáculo feito para elas, e é a garçonete quem discursa, com as mãos apoiadas na mesa e os peitos quase tocando o grandão. Ela está tão envolvida com suas próprias palavras que é incapaz de se dar conta disso. O homem sacode a cabeça em câmera lenta, concordando. Vejo que Simone está indo para a porta. Eu termino o meu conhaque e pago. A garçonete se afasta, vem para trás do balcão, pega uma lata de cerveja de meio litro e a leva até o sujeito. Simone está na porta, faz sinal pedindo que eu saia. Então eu vou saindo, e o homem se levanta com a sua lata, e sai logo atrás de mim.

A noite parece mais escura desse ângulo, e saio atordoado, os ouvidos zumbindo, olhando para longe, para onde o topo das árvores se une e forma um tipo de falsa cadeia de montanhas. Ninguém mais está de pé em frente ao Rancho. Qualquer bicho selvagem poderia cruzar o meu caminho agora. Vou andando e meus tênis deslizam no areião. O rosto de Simone aparece, metade na sombra. Eu digo O que há de errado com aquele cara? Ela mexe na bolsa, os cabelos caídos.

— Ele diz que foi um acidente.

Ouço sua voz abafada. Ela fecha a bolsa e olha em volta. Eu olho também. O homem está entrando na cabine de um caminhão.

— O Queixo já vem, é pra gente esperar aqui.

— Que acidente? Do que você tá falando?

— A carreta dele. E um carro. Os outros morreram. Um casal e um menino bem novo.

Risos, uma única massa de risos, e guitarras limpas dedilhadas que escapam pelas frestas das janelas. A luz fraca, amarela e quente, e as carcaças de carros e caminhões estendidas até não sei onde. Até o limite do mato. Simone diz: mas ninguém acredita que aconteceu assim. E no que acreditam?, eu pergunto.

— Que ele deve ter feito alguma coisa errada.

Eu olho mais uma vez, uma última vez, para o caminhão. Há um brilho irreal na grade dianteira, um brilho de grade recém-trocada, de carreta ainda ontem na oficina, enquanto a sombra desolada do homem se dobra, espremida na boleia, tomando a cerveja em longos goles de querer morrer.

Polaco

Há uma cidade dentro de você, uma ideia de cidade. Ela é mais forte do que a cidade que não é uma ideia, do que a cidade que está fora, e ela mora em você porque você quer morar nela, mas não mora. Você mora noutra, que pouco importa, e vai vivendo nessa enquanto a cidade de dentro se expande ou se contrai à medida que você sente que precisa de mais espaço ou de menos espaço. É claro que eu precisava de mais. Nada de sorrir no bom dia, os outros enfileirados no caminho de sempre, o meu, na mesma ordem, cotidianamente. Nada de ficar satisfeito sabendo que tal árvore no pátio da minha casa vai sobreviver a mim. As cidades pequenas, elas no fundo estão dizendo: você nasceu aqui, caso contrário, aqui não estaria. Esse devia ser o lema de todas elas, bordado nas bandeiras esfiapadas que tremulam preguiçosamente diante de suas prefeituras.

Os limites são estreitos, nas cidades pequenas, e não há surpresa nenhuma. Você vai se tornar aquilo que já estava escrito, que já estava dito, esperado, torcido, e por isso eu era um cara atormentado, de canto, remoendo meu sonho decadente, eu era o cara serrando o pinho e pensando em como faria para nunca mais serrar. O cara criando os dez passos de não serrar mais o pinho e cair fora.

Os outros precisavam ser lembrados. Eu precisava é ser esquecido. Mas eles faziam o coro do você deve ficar, ficar e ter uma bonita família (mas não com a Rosa). É algo que simplesmente emana das pessoas até que seja mais do que a vontade de uma ou de um grupo delas, até que seja a própria cidade se dobrando ao seu redor. Eu sempre fui assim, insatisfeito com o que já tinham escolhido para mim mesmo antes de eu nascer, e vai ver era por isso que o meu pai tinha aquela cara. Só comigo. Uma cara de descrença generalizada, a boca salivando a antecipação do meu erro. O meu erro era a sua grande vitória. Mas o que fazer com o que fica a meio caminho de qualquer entendimento, o que fazer com todo esse bolor? Deixo longe. Não sou burguês de ir em terapia, nem acredito na cura pela conversa, num deitado e noutro sentado, e na falta do olho no olho. Você fala o que queria esquecer, eles anotam para poder lembrar, e se tanto, porque é possível que estejam fazendo listas de compras durante a conversa, desenhos abstratos, e eu entendo, a minha conduta é exatamente a conduta do não se meta no problema dos outros. Não parece nada digno. E não é. Mas sei que honra também é luxo.

Antônia era ainda uma garotinha quando eu cheguei aqui, parada na frente de casa e olhando o seu cata-vento girar. Talvez tenha sido isso, a vontade de ficar neste lugar, que me fez ver o bar e a placa de Precisa-se. Minha irmã tinha um cata-vento, também vermelho e amarelo, e eu sabia que minha filha teria um, caso eu tivesse escolhido ter uma filha, então me pareceu interessante que as coisas fossem ligadas por um cata-vento, mas só por um cata-vento, como algo que existe apenas para ver a passagem das coisas. E a menina continuava do outro lado da rua, completamente imóvel e apenas olhando o seu brinquedo com vontade própria girar. Ela me mostrou o cata-vento muitas vezes depois, e o fato de que quase sempre está ventando por aqui não diminuía em nada o brilho nos olhos de Antônia.

O problema é que ela sempre foi demais para aquela casa. A casa salmão onde havia uma família tentando se entender. Havia um carro, no início dos anos noventa, vermelho o suficiente para parecer de brinquedo, e uma mãozinha no banco de trás me acenando pela fresta da janela. Havia um garoto problemático, um pai conversador, uma mãe que escutava Julio Iglesias, viagens para a praia, piscina nas tardes de verão, esse garoto deixando o cabelo crescer, esse pai andando pelos puteiros, essa mãe regando as plantas, mais barulho do que as pessoas eram capazes de ignorar, uma grande rotatividade de empregadas, esse garoto tentando se levantar da calçada, esse pai regando putas com champanhe, essa mãe com aulas particulares de espanhol, e todos brigando entre si e ao mesmo tempo, quando na verdade deveriam tentar provar que mereciam Antônia, para que Antônia fosse mais do que um pequeno acaso, do que um pequeno milagre.

Veja bem, não sou eu que estou dizendo. Eu vi tudo. Vi as outras crianças do bairro precisarem agir como verdadeiras atrações grotescas ou palhaços de circo se quisessem um pouco de atenção quando Antônia estava por perto, porque ela era o tipo de garota que você encontra num comercial de cereais. Não só o tipo de beleza infantil comercial de cereais, mas a beleza e mais as falas engraçadas e inteligentes que fazem todos rir de estupefação. Vi as mães dessas crianças tendo que trabalhar com os índices normais de amor de mãe e nada além, enquanto esperavam que seus filhos fossem pelo menos inteligentes a médio prazo, ou pelo menos bem-sucedidos, ainda que burros, a longo prazo. Enquanto isso, havia aquela menininha loira perguntando algo para você e você naturalmente se enrolava até não poder mais e acabava dizendo É, eu nunca pensei sobre isso. E, com doze anos, Antônia já tinha pensado em coisa demais.

Então eu digo Não se meta no problema dos outros, e foi o que eu fiz, fiz isso com Antônia nos anos de sua adolescência. Ficava julgando de longe, balançando a cabeça, pensando ali comigo que cada escorregada era um desperdício, e era, eu um moralista sem direito, sem honra, um moralista em silêncio. Acontece que Camilo, seu fiel exemplo (possivelmente o menos exemplar de todos os tempos), estava perto demais, foi isso. Aquele amor fraterno além dos limites, garota, acabou consumindo você. Ele é um cara legal, mas era pouco, e o seu sucesso fazia ele parecer um fracasso cada vez maior. Eu na verdade deveria ter ensinado a você algumas coisas a respeito de sobrevivência. São coisas que você não aprende dentro das famílias ricas. Nas famílias ricas, você aprende no máximo a gritar com os outros.

Hoje é um dia meio fora do comum, com o vento parando e escolhendo uma nova direção. A água se encrespa levemente. No clube, a aula de remo já terminou, e os garotos falam alto e empurram os seus barcos de volta para o galpão. Um jet ski passa bem perto do bar, respinga minhas janelas, meu piso, e eu me levanto da cadeira já com o dedo erguido, a fim de um bom discurso sobre convivência. Mas, nessa hora, o sujeito já está longe. Uma mulher de biquíni, na praia particular do clube, acena em sua direção, e o corpo bronzeado responde com uma lição de anatomia. Olho para o relógio. Vinte minutos é tempo suficiente para ir e voltar. Tranco o bar e atravesso a rua.

Isabel me abre a porta, com uma velha camiseta do Mickey e uma bermuda. Como se jamais fosse receber uma visita novamente.

— Oi, Alexandre.

Retribuo um leve sorriso que surge, e pergunto se Camilo está em casa. Ele foi viajar, ela diz, com uma tristeza de saber que era ele quem eu procurava, ou desapontada com Camilo por ele não estar aqui agora. Hesito por alguns instantes e sigo parado na frente da casa, olhando para baixo, Isabel com a porta aberta esperando. Quer que eu dê algum recado?, ela pergunta. Eu a encaro, e de repente posso ver no seu rosto que faria bem para ela se eu perguntasse, se eu perguntasse sem pudores e sem medo das lembranças que viriam. Então eu pergunto.

— Pode parecer besteira, mas será que você se lembra daquele cata-vento?

Ela sorri pra valer, e me pede para entrar.

Gustavo

É uma pena que ele não consiga imprimir o drama, essência de seu caráter tanto quanto a vaidade, na batida de porta que dá. As paredes são de plástico, e portanto não convêm aos surtos de raiva e às crises de ordem profissional. Passa das oito. Estamos quase sozinhos no andar, eu e o chefe. Ele liga os seus barulhos de pássaros e cachoeiras e as suas flautas tocadas por ninfas de cabelos longos, e agora pode estar fazendo a flor de lótus sobre o tapete, eu não sei. Ele toma lições com um guru, três vezes por semana na hora do almoço, que vende óleos exóticos e CDs new age e sai com os bolsos tilintando de dinheiro direto para o andar de baixo, onde mais dois publicitários com elevados níveis de estresse também aguardam, potencialmente ansiosos, pelos seus conselhos espirituais.

Eu estraguei a reunião. E me sinto ótimo por isso. Algo como Che Guevara em cores cítricas num quadro de Andy Warhol. Alguém dirá amanhã Mas ele apostou tanto em você!, querendo com isso deixar claro que foi uma grande chance desperdiçada. Mas o fato é que não quero continuar parecendo esse cavalo azarão que surpreende no final do páreo. Isso é, em outras palavras, ser o estagiário com as ideias adequadas (veja bem que não estou dizendo ideias brilhantes). Então eu jogo o envelope com o briefing sobre a mesa e me sento diante do computador. Abro o pacman versão pornô e começo a jogar.

Seria uma campanha milionária. É, seria. É coisa de muita verba quando se passa duas horas tomando expressos italianos com a diretora de marketing da grande corporação que eu não estou autorizado a dizer o nome por nada no mundo, suas pernas se cruzando, se descruzando, e o tique de puxar a saia, além dos meus três patrões enfileirados de terno com tênis e meias do Patolino, olhando disfarçamente para as prateleiras que ostentam os seus troféus de melhor alguma coisa do ano. Essa minha profissão, essa é a profissão de dourar a pílula, eu pensei, e não importa se o assunto é desodorantes para axilas desidratadas ou imóveis de três quartos com paredes de gesso e espaço gourmet.

No centro da mesa de vidro, um porta-lápis com uma dúzia de lápis prateados todos iguais com o logotipo da agência. Como um buquê de péssimas ideias ainda não nascidas.

O Guto é um cara com ótimas sacadas, disse o meu diretor antes mesmo de sentarmos ao redor da mesa, e todos sorrimos sorrisos de negócios e tomamos nossos lugares. Mandaram vir os cafés e alguns biscoitinhos feitos artesanalmente por uma socialite entediada (há quem pague). Depois de algum comentário cordial referente ao delicioso e sutil sabor da canela, um toque de gengibre talvez, a diretora de marketing da grande corporação que não devo revelar o nome começou a falar. E falava na verdade tudo o que já sabíamos, uma versão bastante estendida de tudo o que já sabíamos, apontando para um slide-show que, como sempre, não funcionou na primeira tentativa. A pronúncia forçada, saindo dos seus lábios refeitos em cirurgia plástica, lembrava uma aula ruim de fonética.

O que eu gostaria de saber é por que escolhi aquele momento, entre tantos outros, para acabar com a minha vida profissional. Talvez o desejo de me derrubar tenha vindo da proximidade com a glória, lembra?, o que juramos sob o nosso diploma era que douraríamos a pílula. Que tal sermos um pouco sinceros?, eu disse a ela (eu, um estagiário, ali). Vou criar um slogan qualquer, que será estampado em adesivos, e milhares de famílias estarão dispostas a colá-los na traseira dos seus automóveis. Haverá um comercial dramático na tevê, trinta vezes ao dia vezes trinta segundos, e todos vão se convencer de que serão seres humanos abomináveis se não aderirem a essa campanha. Ah, e haverá adesões também no futebol, por contrato ou boa vontade, além de vozes célebres e reconhecíveis em vinhetas de rádio repetindo advertências. Quem afinal seria contra essa campanha? Mas, e o resultado? Alguém vai escapar por causa dela? Você vai deixar de ver um carro capotado nas manchetes? Talvez, se olhar a foto bem de perto, você veja o adesivo da sua campanha na traseira. Sabe, o mundo é bem contraditório.

Houve um momento de um silêncio completo em que ouvi mesmo a secretária, para além da porta, pedir a alguém que aguardasse um minuto, e então a diretora de marketing abriu a pasta de couro e começou a espalhar uma porção de fotos sobre a mesa, todas elas apontadas para mim.

— São alguns dos jovens que morreram em acidentes.

Muito bem. Ela tentava virar o jogo e me amolecer, fazendo com que eu me sentisse um cara cruel, insensível, um arrependido, mas era por algum grande valor moral que ela e sua empresa queriam fazer aquela campanha? A regra do dia é esta, você polui um canto do planeta e planta árvores noutro.Você manipula pesquisas eleitorais e constrói uma creche na periferia.

De qualquer maneira, eu acho que tudo estaria bem se ela não tivesse me mostrado uma foto da Antônia, e daquele tamanho e com aquela expressão, porque eu conseguia lidar muito bem com fotos três por quatro, quando eram só essas sobre a mesa. Aqueles rostos sérios, programados para não piscar nem sorrir, parecem tão anônimos que somos levados a crer que é normal que morram. Mas depois havia fotos maiores, gente em plena atividade, em plena vida, intensamente feliz nos seus momentos mais prosaicos. E havia Antônia e uma menina, em close, e por isso fiquei pensando no seu rosto pintado na última greve e em todos os momentos que podiam ser fotos mas não eram, e de que seria necessário guardá-los só na memória, até que eles se apagassem por causa de uma nova senha do banco.

Era tarde demais. A diretora de marketing havia percebido.

— Você conhecia?

— De vista. Da faculdade.

Eu estava fora da briga agora, impotente, eu havia perdido, uma peça posta fora, e vamos lá, que a máquina não para! Meu chefe tomou a palavra, ignorando qualquer coisa que houvesse acontecido antes. Eu invisível. Eles discutiam. Eu não prestava mais atenção. Fiquei olhando pela janela. Procurava uma mulher que, quando tínhamos sorte, trocava de roupa com as cortinas abertas, e parecia que sempre surgia alguma coisa de urgência para resolver quando ela estava assim, nua, como buscar algo em outro cômodo ou telefonar para alguém, de modo que todos nós acreditávamos que, no fundo, ela era cúmplice do nosso voyeurismo. Não valia tanto pelo corpo, é verdade, mas ao menos pelo inusitado. Ela costumava colocar primeiro as meias, o que era mais um indício da sua aceitação exibicionista. Mas não estava ali naquele momento. Havia um homem fumando na janela da sala. Ele olhava para a noite, contemplativo. Não. Ele olhava para dentro da sala de reuniões, com tanto empenho quanto o meu e de meus colegas buscando aquele corpo feminino mediano.

Então o que meu chefe disse no fim da reunião, quando ficamos sozinhos naquele elevador, nos odiando mutuamente como só é possível odiar em espaços apertados demais, foi: Podia ter sido a reunião da sua vida, Guto. Porque o drama era a essência de seu caráter tanto quanto a vaidade.

E agora o revisor revisa e a garota do atendimento atende o telefone que toca. A música zen para. Eu jogo pacman, e penso em alguma ideia para essa campanha.

Bernardo

Uma coisa da qual não se pode reclamar é um tipo de solidariedade generalizada quando o assunto é a má sorte da menina-bonita-que-tinha-tudo-para-dar-certo. Todo mundo havia visto no jornal, Nossa que tragédia, Aguarde um minutinho, Vamos fazer tudo o que for possível, e outras frases de apoio ditas quase com constrangimento pelos diversos escalões de funcionários do prédio 60. A recepcionista: algo de não saber o que se faz com as mãos ou com as palavras e sobretudo com os olhos. Trocar informações com a outra, mais velha, e provavelmente com mais anos de casa. Chamar o segurança no grito. O segurança: olhar para os cantos brilhantes do hall, três cores de granito, aço escovado, arte abstrata, revistas sobre mercado imobiliário. Confessar no elevador, enquanto observa o ponto diminuto que registra nosso trajeto do térreo ao quarto andar, que imagina o quanto isso é difícil porque perdeu o pai num acidente com um caminhão há dez anos (e, sabe, ainda sinto falta de vez em quando, e a mãe, coitada). O chefe da segurança: atrás de uma porta encardida, em sala que nunca vê luz do sol e cadeira giratória sem ajuste de encosto. Esquentar um café numa velha cafeteira, encher duas xícaras promocionais de um estande de tiro e perguntar, sem traço algum de sentimentalismo: qual foi o dia e a hora aproximada?

Ele me alcança a caneca. Eu respondo: Quinze de maio, mais ou menos à uma da manhã. Toma um gole de café e se levanta com entusiasmo. É um tipo de entusiasmo acumulado em alguém que há sei lá quantos anos está de prontidão esperando que alguma coisa aconteça, e essa coisa jamais acontece. Então ele ganha férias remuneradas, bonificações de Natal e está tudo bem. Ele passa o dia olhando um elevador numa tela e o único jeito da sua adrenalina subir é quando ele chega em casa e assiste a um filme policial.

Estou de costas para ele, mas, pelos ruídos, diria que ele mexe em um dos grandes armários próximos à porta. Olho para a parede de monitores diante de mim. As duas recepcionistas conversando. Um corredor vazio e as portas dos escritórios fechadas. Um casal que se beija com pressa no elevador. As escadas de incêndio. Um carro escuro entrando de ré numa vaga. A rua e o movimento normal de uma tarde na rua.

— Você era o quê dela?

— Amigo.

Ele pergunta o meu nome e diz que o dele é Jaime. Parece magro demais para o que eu imaginava de um Jaime, ou pelo menos um Jaime com um til no a, que é a maneira como ele pronuncia. De um Jãime se espera pelo menos alguma barriga, ou isso é um delírio à toa relacionado à memória de infância esquecida. Não. Jãime, responsável pela segurança do prédio 60, o olheiro das coisas irrelevantes, o inimigo das faxineiras relaxadas e dos ocasionais encontros amorosos de elevador, tem um bom físico para a meia-idade dele, do tipo que se alcança com algumas flexões antes do banho e uma barra instalada na porta do quarto.

Jaime volta segurando uma fita, o quinze de maio escrito em tinta preta na lombada. Senta na cadeira e dá um longo suspiro. Ele me encara, a fita no colo, esperando sei lá o quê. Esses segundos são constrangedores, ele sem dizer nada e sem colocar a fita, eu sem dizer nada e sem pedir que ele coloque a fita logo de uma vez. Então finalmente ele se levanta e põe a fita dentro do aparelho. Eu observo os monitores, o teatro de sombras mudo, esperando que a noite de quinze de maio apareça num deles. Estou com a síndrome da perna inquieta já acelerada, com direito a calcanhares levantados e calça jeans que treme. Coloco a mão nas coxas para tentar interromper o movimento. A imagem da rua, com a data e a hora no canto inferior direito, substitui a da escada de incêndio. Final do dia. Os carros estão enfileirados e andando bem devagar e os homens e as mulheres de negócios saem do prédio e acenam uns pros outros, naquela lenta movimentação das imagens captadas por câmeras de segurança.

E de repente estou me lembrando do massacre de Columbine, sobretudo da cena da cafeteria, com as pessoas rastejando ao redor das mesas redondas e um dos garotos assassinos envolto num halo luminoso para que pudéssemos localizá-lo nos telejornais (era só um menino com a aba do boné para trás). Num certo instante, há uma explosão, seguida de um cara que se projeta para a frente numa espécie de movimento demorado de ginástica olímpica e, justamente por causa dessa lentidão e do silêncio total, é bem difícil perceber algum tipo de desespero no gesto e então ficar comovido. Dá até para dizer que há beleza naquilo. Sim, exatamente. Se você tirar os gritos, os tiros, as coisas se quebrando, e se você deixar todo mundo mais lento, dando a impressão de que todos os movimentos estão encadeados numa perfeita sincronia, dificilmente você vai aceitar que aquelas pessoas morriam de fato.

O mesmo deve acontecer agora.

Jaime dá uma pausa no vídeo e me encara, a mão no queixo como um canastrão.

— Olha, garoto, eu vou dizer pra você. Eu já vi esse vídeo, no dia seguinte mesmo, e algumas vezes depois. Eu devia ter apagado, nós apagamos as coisas velhas e reaproveitamos, mas eu guardei. Tinha visto a notícia no jornal. Ela era bonita, né? Pelo menos na foto. Mas você quer o quê exatamente, por que decidiu vir? Só para ver o carro passando?

Eu digo que não tenho bem certeza do que quero. Ele toma um grande gole de café. O balcão de madeira está todo marcado com rodelas de xícaras, e há sobre ele um calendário do mesmo estande de tiro, os dias que já passaram assinalados com uma cruz vermelha. Nada escrito nos dias que virão.

Definitivamente, não faço a menor ideia do que esperava, e espero, encontrar na gravação. No fim das contas, talvez Jaime esteja certo. Talvez seja só para ver o carro passar.

Ele ajeita as costas na cadeira, dá play, e corre as imagens para a frente. É verdade que tem uma coisa estranha que acontece com a sua amiga, ele diz. Eu fico mais angustiado e espero. No monitor, o engarrafamento se dissolve e vira um fluxo contínuo de carros andando numa boa velocidade. O número de pessoas na calçada começa a diminuir, até que não sobra mais ninguém. Os carros também vão rareando. 00:14. Um ou outro carro e nada mais. Era uma terça-feira, um dia sem muito movimento. 00:30. Jaime pergunta: Você por acaso acha que foi mais do que um acidente? Respondo que não tenho motivo nenhum para acreditar nisso. 00:52. Jaime de novo: Quando vi no jornal, sabia que tinha sido gravado aqui (tá bem, e agora quer uma medalha?). 01:07. Ele para de acelerar. O mostrador dos segundos corre em velocidade normal. A rua vazia. Então um carro. Jaime dá uma pausa e coloca o dedo no monitor. É ela, ele diz. Sim, reconheço o carro. Antônia, por outro lado, é um vulto mais difuso que os vultos de Columbine.

Ele dá play de novo, mas coloca as imagens para correrem em câmera lenta. O carro vai passando de uma ponta a outra, e ainda o vemos quando um segundo carro surge. Presta atenção, diz Jaime. E o carro de trás dá um sinal de luz. Três piscadas para Antônia. Em seguida, não os vemos mais.

Jaime pergunta o que isso pode querer dizer. O tempo continua rodando, com a rua deserta. Eu digo que não faço ideia. Tiro os óculos, limpo as lentes. Ele dá stop. Eu peço que ele coloque a gravação mais uma vez e a cena acontece de novo, Antônia, alguém atrás dela, esse alguém dando um sinal, piscando três vezes, e ambos os carros logo desaparecendo dos limites da câmera. A ladeira fica, no máximo, a cinquenta metros dali.

Jaime ejeta a fita, levanta e vai se servir de mais um pouco de café.

— Fizeram uma perícia no carro da sua amiga?

Eu me viro em sua direção.

— Não sei. Sempre fazem?

— Muito raro.

Ele senta novamente.

— A não ser que desconfiem de alguma coisa.

Acho que não tem por que desconfiar de alguma coisa, eu digo, desconfortável com o que acabo de ver, e com a nítida sensação de que Jaime adoraria que fosse mais do que um acidente. Ele daria tudo para ter alguma participação em algo realmente triste e complicado.

— Você pode me fazer uma cópia?

Ele diz: É claro! E eu fico quieto pelo tempo que demora, fugindo de qualquer pergunta, grunhindo monossílabos. Tomo meu resto de café frio, que desce como purgante, pego a fita, agradeço, ele me dá um cartão de visitas, e saio. Sei que ele espera me ver de novo. Já eu, bem, eu não estou tão seguro disso.

Camilo

Na cama redonda, com lençóis antes embrulhados em sacos plásticos, Simone dorme. Eu estou acordado. Elas sempre dormem mais do que eu, e eu fico olhando o teto, ou às vezes os tantos botões para as tantas luzes desimportantes dos motéis. Ninguém tem dúvida de que são feitas para as mulheres, exclusivamente para mulheres, as quais, na chegada, adoram testar todas elas: ai, essa não, quem sabe essa daqui? E eu deixo que brinquem, porque, sinceramente, não dou a mínima se é luz que sai de baixo da cama, de cima da cama, da lateral, do teto de gesso rebaixado, ou ainda nas modalidades luz da tevê ou luz do banheiro com porta entreaberta, improvisações que deixam as garotas para lá de satisfeitas e relaxadas.

Se já vim aqui antes, não sei, motéis são todos iguais, mas acontece de eu me lembrar de repente das duas garotas que andavam de moto (uma enfiada no porta-malas para não pagarmos o adicional). Talvez fosse mesmo este, com a lanterna japonesa no canto. As garotas não eram só garotas que andavam de moto, mas garotas *motoqueiras*, o que quer dizer que a moto era o centro de suas vidas, e que uma delas empinava a sua, uma trezentos e cinquenta cilindradas, a uma altura bem razoável. Isso criava todas as condições, é claro, para que ela usasse jaquetas de couro e botas, além de um cabelo bastante curto, que dizia ser bastante prático (a velha desculpa do prático). Quanto à outra, essa não era tão boa no quesito moto, mas muito melhor, por consequência direta, no quesito mulher. Só que nunca mais vi nenhuma das duas, embora eu não tenha certeza se algum dia vi uma sem ver a outra. Elas sempre estavam juntas. Muito provável que fossem namoradas. E muito provável que eu tenha gerado algum tipo de confusão nas suas cabeças naturalmente complexas.

Simone dorme de lado, de costas para mim. Perto do telefone, a pequena bolsa plástica floreada com seus cremes e remédios e tubos e caixinhas. Duvido que ela pudesse sair de casa com a pequena bolsa plástica floreada no caso de ter um marido: Ei, amor, até amanhã, e não precisa se preocupar, tô com a pequena bolsa plástica floreada com os produtos que acabam com as rugas e recuperam o brilho dos cabelos tingidos. Duvido também que ela tenha um emprego, ou melhor, duvido que tenha um chefe, porque hoje é terça-feira. De qualquer maneira, não faz a menor diferença.

Olho para a cortina imóvel, vermelha de sol, com as letras japonesas que podem estar me mandando longe. Merda. Antônia está morta. A pior parte é mesmo quando o dia está começando e é preciso lembrar que Antônia está morta, coisa que pensei o tempo todo ontem, anteontem e no anterior a esse, não importa, cada dia que começa é um ponto zero, e então o fato de minha irmã estar morta surge como uma surpresa, uma surpresa chocante que se repete e se repete. É algo que pode inclusive acontecer no meio da noite. Você vai ao banheiro e, assim que a cabeça se põe a funcionar, você se depara com a velha novidade.

Levanto, procuro minha calça e a encontro ao lado da calcinha comestível, do consolo rosa e das algemas revestidas de tecido de oncinha que não compraremos. Reviro os bolsos atrás daquele cubo azul idiota. Já está na hora de encarar esse troço, penso, e ando até a janela com ele na palma da mão.

Eu seria muito mais feliz se desse de cara com montanhas agora, mas janelas de motel são sempre ótimas para lhe mostrar um conjunto de casas nanicas coladas umas às outras, e portas de garagem e cortinas. Com alguma sorte, você pode ver uma camareira carregando toalhas e lençóis. Com muita sorte, você pode ver uma garota batendo a traseira do carro numa porta de garagem ou num pilar, o que acontece com maior frequência do que se imagina.

Ouço Simone suspirar. Fecho a cortina e guardo de novo o cubo no bolso da calça. Que horas são?, ela pergunta, a voz ainda rouca. Respondo que não sei. Ela boceja e rola com o máximo de prazer pelas dobras do lençol.

— Dormiu bem, ahn.

Simone sorri e olha em direção à minha tatuagem, depois se estica até seu relógio de pulso. Quase dez e meia, ela diz, alcançando já com a outra mão a pequena bolsa plástica floreada. Levanta, entra no banheiro e deixa a porta encostada. Simone é ótima. Não deu a mínima na semana passada quando eu disse que não fazia nada na vida, nem pretendia fazer. Ao contrário, achou isso um tanto sedutor. E não sou eu que estou dizendo. Foi ela mesma quem disse. Sedutor.

Então ela dá uma risada estridente. Que foi?, eu pergunto, e espio pela porta. Ela se olha no espelho. Ela grita, como se eu estivesse a quilômetros de distância: Nada não, só lembrei que eu já vim aqui, esse banheiro não me é estranho. E ri de novo. Eu acho que também já vim, eu digo.

— Ah, é?

— Com duas garotas motoqueiras.

Ela também acha graça disso, muita graça.

— Duas? Você precisa me contar sobre isso.

Ela abre a torneira e a água corre por um tempo. Eu vou até o frigobar, vejo as porcarias lá de dentro, e desisto. Então começo a me vestir. Ao colocar as calças, pego de novo o cubo na mão.

— Escuta, você quer ir num lugar comigo hoje à noite?

Ela responde que esperava mesmo que eu a convidasse para fazer alguma coisa.

Polaco

Já simpatizo com o menino novo, de tanto entusiasmo por tão pouco. Chega às quatro, deixamos tudo pronto e eu, tem vezes que não faço nada, estico as pernas numa cadeira e olho para longe, para a fumaça espessa da usina que, mais branca do que nuvem, dá a impressão de não poluir. Ele escova o feltro das mesas de sinuca. Observo a curvatura da sua espinha, o vaivém sutil da escova em linhas paralelas, depois aquela poeira que levanta e fica visível com o sol. Até o couro das caçapas ele já limpou. Na cozinha, ensaboa os copos como se fossem copos de casa, com o silêncio de visitas na sala, e o cheiro do banheiro também é outro. Acredita, enfim, que já pode muitas coisas. Eu, por preguiça mais que qualquer outra razão, dou toda a força.

O garoto disse, ainda na primeira semana, que gostaria de reorganizar as garrafas na prateleira. Nunca vi nada de errado com elas, respondi. A questão é que ele dá importância ao que pra mim é indiferente, mas acaba me convencendo pelo jeito que insiste, e então deixei que ele organizasse as garrafas por ordem de teor alcóolico, o que acabou divertindo todo mundo e dando o que falar. E ele ficava sorrindo de canto, ele, o criador, enquanto os adolescentes triplicavam o consumo de um sábado à noite e somavam teores em contas erradas até enrolar a língua, e os veteranos tiravam os óculos do bolso e, apontando rótulos, balbuciavam nomes e encaixavam neles as lembranças de outros tempos.

Hoje o garoto, que se chama Álvaro, disse: seu Alexandre, acho que o senhor precisa comprar limão. E o martíni acabou. E do uísque tem só dois dedos. Respondi que essas coisas, martíni, uísque, eu compro no atacado porque não sou otário. E ele: Mas não tem nem pra essa noite. É verdade que eu ando bem distraído com os estoques, e noto que as coisas me faltam só quando alguém pede. Ou, ainda pior, só percebo que não há garrafa quando, com o copo vazio na mão, vou ao encontro da garrafa. Então o garoto fez uma lista e eu entrei no carro.

Faz tempo que não gosto de passar pela avenida. É um dia que se estraga quando preciso vir. Há algo de triste nela que o céu parece acompanhar, e fico pensando em como seria fácil odiar a cidade se eu morasse naquela janela, ou naquela, e que sorte tenho de não ser minha a sacada que os vagabundos alcançam de algum jeito e picham nos seus caracteres de merda, para causar ciúme a outros vagabundos, com desejo de outras sacadas e janelas mais altas. Se eu morasse aqui, certamente compraria o frango assado da esquina, é fácil, é lógico, e o cheiro de pele tostada vai bem com polenta. Cruzaria com as calcinhas a 2,90 (a renda que se rasga na primeira lavada ou na primeira dentada), o balaio de livros religiosos, o camelô e todo o barulho que provocam suas demonstrações permanentes de despertadores. Eu odeio isso também, tanto quanto aquele lugar que cheira a fogão à lenha, dois extremos que se encontram na curva imunda da condição humana. O agasalho listrado, embolotado, que foi do pai, tricotado pela vó, lavado pela mãe com sabão feito de sebo, e coloca o agasalho para buscar lá fora a lenha que se guarda entre o chão da casa e a terra, naquele escuro que dá medo em criança, depois espera o fogo esquentar sentado na colcha suja de leite azedo, cigarro caído e resto de vinho de mesa.

Absorvido pela massa em questão de cinco minutos, buzino para os carros que não se mexem. Abro a janela para não sufocar. Uma mulher linda que passa. Vejo de relance e já não me basta, preciso acompanhar com os olhos, até o limite. Atravessa a primeira faixa de segurança e para entre as duas pistas, somando-se à multidão ansiosa pelo bonequinho verde ou por uma brecha de tempo entre dois carros. Mas, do outro lado, o fluxo segue. Ela cruza os braços, o bico dos sapatos com pressa tocando o meio-fio.

Quase todos os carros são prateados hoje em dia.

E de repente acho que a cabeça me prega uma peça e que, de ultimamente voltar a pensar em tempo e gente tão distante, misturo o que acontece com o que aconteceu. Mas está mesmo ali, o caminhão com os dois tês cortados por um único traço ascendente, no meio dos carros que agora avançam o sinal amarelo para lucrar trinta segundos no final do dia.

Serraria Festugatto.

Mas como? A mesma letra cursiva com contornos pretos, o mesmo vermelho, talvez um dos tantos caminhões que tantas vezes carreguei. Mas nós estamos ao norte dos Festugatto, da sua zona de atuação, estamos bem distantes das grandes indústrias moveleiras, e eu nunca vi um Festugatto na cidade que não fosse o dono já muito velho de uma sapataria decadente. Esse, de qualquer maneira, nada tem a ver com aqueles. Ou foi isso o que me contou quando refez minhas solas com as mãos trêmulas, deixando o telefone tocar muitas vezes, e dizendo que não era serviço quando o telefone tocava, mas problema de dinheiro, ou de filho, ou de filho com problema de dinheiro, o que devia ser um tipo de máxima que ele repetia sempre que possível. E eu, fazendo o meu papel, ri.

O caminhão avança. Perco-o de vista na curva que faz a avenida. Minha pista se movimenta lentamente, e eu espero uma oportunidade para sair fora do engarrafamento. Então enfim consigo entrar na primeira rua à direita, e forço uma baliza onde mal caberia um carro. A vergonha, pra mim mesmo, é que desço com as pernas bambas. Estão aqui pela Rosa. Mas por que doze anos depois? Se quisessem me pegar, me prender, me rasgar os intestinos, pendurar minha cabeça numa estaca, passar meu tronco numa serra circular, teriam tentado logo que fugi. Raiva nenhuma dura tanto tempo. A minha, pelo menos, já não é como antes.

Entro numa lanchonete e peço um café. São Jorge numa prateleira. Um time falido de futebol na formação de 83, preso com fita isolante. Cheiro de frango que gira, gordura que pinga. Vem o café, tomo em três goles e continuo ali. A Rosa, eu amei a Rosa, foi tudo verdade até não ser mais. Com a mão na Bíblia de vocês. Há tanto amor no perigo. Vejo a Rosa. É noite na serraria, pode ser tantas noites, nos encontramos quando o relógio marca onze, primeiro trocamos uns olhares medrosos entre as máquinas paradas, e Rosa diz: A luz do pátio me dá medo. Eu sento na cadeira com o estofado rasgado, onde às vezes é preciso sentar durante o dia para fazer algumas contas. Coloco Rosa no meu colo. Não faço questão de tirar-lhe o medo, porque sei que é pelo medo que ela gosta de mim. Olho para cima, para o alçapão, e logo ela dá um tapa no meu braço e ri, de tantas vezes que já falei dos montes de serragem sobre nós, aspirados e armazenados no espaço entre o teto e o telhado, e das minhas ideias de abri-lo assim, de repente, e deixar que a serragem nos cubra. Ela ri, ela não acredita. Mas tenho a vontade.

Chamo a garçonete.

— Tem uma madeireira aqui perto?

— Ahã. Pra lá, umas três quadras.

Deixo uma nota de dois e vou.

O sol reapareceu. Eu ando com o passo acelerado. Nunca vi essa madeireira, espremida entre dois prédios, uma entrada estreita onde mal cabe o caminhão. O que no máximo sai daí é prateleira para a vizinhança, e os Festugatto nunca gostaram de miudezas. Mas aí estão. Três caras descarregam as toras, e agora, chegando mais perto, posso ver lá atrás o pátio, com as pilhas de tábuas à sombra e um menino que corre em círculos dando golpes no ar com sua espada laranja. Eu não fico para ver mais, porque não há mais nada para ver.

Álvaro deve estranhar quando chego de mãos abanando, mas não pergunta, lê na minha cara que não deve, de modo que vou para a sala do fundo sem nem meia palavra, e me acalma jogar sozinho e ouvir o barulho seco das bolas em choque.

— Cara, vê um marlborão.

Camilo está na porta, segurando uma nota de cinco do jeito que os malandros costumam segurar.

— Pede lá pro garoto.

Ele vai e logo está de volta. Acende um cigarro, senta e coloca as pernas sobre a mesa. Diz: Tô saindo com uma coroa, meu, você precisava de uma coroa você também. Dou uma risada e concordo. Vou para cima da seis e ela bate no bico da caçapa. Camilo diz, com a calma dos que se acham muito bons: Devia ter tentado a quatro. Tenho que concordar, na verdade quase sempre concordo mas não digo, e aí, bancando o cara irônico, pergunto qual é a sua sugestão para a próxima. Ele nem se levanta, só estica a cabeça e dá uma rápida espiada: A vermelhinha tá pedindo. Calculo uma tabela, jogo e acerto. Uma bela bola, realmente.

Então largo o taco e sento com o Camilo e fico ouvindo suas histórias de sempre. A agitação dele me deixa inexplicavelmente em paz. Ouço as histórias de sempre até que o dia começa a ficar amarelado e o cara do jet ski aparece na água. Camilo pergunta quem é o idiota. E ficamos silenciosos olhando o idiota ir e vir.

Bernardo

A praça é pequena, escura das árvores que cresceram para além dos seus limites, um troço feio de se olhar, areião no lugar de grama, musgo, cocô de vira-lata, e os balanços que, com ares de monstros transmissores do tétano, rangem não de criança, mas de vento. Nas terças, nas quintas, às vezes também nos sábados, posso ser visto na quadra que já foi de futebol, também já de basquete, e hoje nada, com os furos no concreto onde antes havia as goleiras e depois as cestas, as linhas do chão já bem apagadas de sujeira.

Entre todos, sou o pior jogador. Meu problema é o fazer simultâneo de muitas coisas, e isso é, basicamente, o hockey. Patino bem, não há dúvida, e quando as pessoas me observam na rua com os rollers (elas sempre observam, às vezes até param o que estão fazendo só para isso) devem ficar pensando: Taí um garoto que sabe mesmo patinar. Mas no hockey é preciso que eu realize uma série de ações enquanto patino, como segurar o taco e mantê-lo firme na mão, controlar uma bola de tamanho semelhante ao de uma bola de tênis, escaparmos, eu e ela, dos caras que vêm em nossa direção e, finalmente, acertá-la dentro da goleira. Tudo isso com um agravante, que é o de nunca poder parar. Nem para bater. Uma olhada para a bola, uma olhada para a quadra e, enquanto se pensa no melhor a ser feito, lá se vão metros e não há mais ângulo ou saída, ou então já se foi derrubado. Me derrubam com frequência. Me chamam de garotinha, depois bebem cerveja comigo. É algo corriqueiro. Sou o pior dos oito, sim, mas o único que lê T. S. Eliot enquanto espera com os rollers nos pés. E o único que chega na hora marcada. Pensando bem, essas duas coisas devem fazer com que eu pareça ainda mais idiota.

Guardo o livro. Que poema exatamente eu lia, o que dizia, eu nem sei. Ajusto de novo as fivelas dos rollers. Os cadarços. Sacudo os pés para ter certeza de que estão apertados na medida certa. Então vou para a quadra. Enquanto os outros não chegam, tenho o hábito de recolher as porcarias que encontro no chão. Claro que não qualquer porcaria, mas as latas de refrigerante, as garrafas de cerveja, as embalagens de chocolate, os panfletos de inglês fluente em seis meses e a aula de geografia transformada em aviãozinho de papel. Teve um dia em que achei até um bilhete, amor com rasura e que não segue linha de folha pautada, mas foi realmente dessas coisas que não devem acontecer uma segunda vez. Recolho tudo isso e levo até a lata de lixo. As pessoas que andam pela calçada estranham, quero dizer, estranham não só o fato de eu estar recolhendo coisas do chão, mas sobretudo o fato de eu estar aqui nesta praça. Ainda na praça. Essas pessoas, elas deixaram de vir há muito tempo. Começaram a achar que poderiam oferecer coisa melhor para suas crianças, ou mesmo para seus cachorros. A praça sobrou para os desajustados.

Termino com o lixo e decido aquecer com umas voltas. Forço ao máximo a velocidade e dobro o corpo, para depois me endireitar e deixar que as rodas em fila me levem. Então está tudo bem, eu e minhas voltas, um começo de cansaço, a respiração alongada, vendo o movimento das coisas inertes. Mas depois já não está. Quer dizer, por causa do acidente. É a diferença entre o raro esquecimento e a lembrança de quase sempre, um gelado que começa na memória e percorre o corpo até deixar as pernas moles. Algo de descobrir que não há mais lógica em estar aqui na praça. Patinar ou jogar hockey ganha ares de dança fúnebre, e de repente vejo toda a vida como uma espécie de antessala da morte. Acontece o tempo todo.

Dentro da minha mochila, a cinco ou seis metros de mim, estão as obras completas de T. S. Eliot, com meu nome na primeira página, e não foi na sala de aula que veio a vontade de ler, mas em Portrait of a lady pela boca da Antônia. Posso ir até o livro agora, e posso tocá-lo, mas Antônia não pode mais, nem tocar, nem ler, nem declamar Portrait of a lady com seu inglês às vezes descambando para um sotaque do Alabama que me fazia prender o riso, e eu não tenho a menor chance de tocar outra vez em Antônia (da primeira vez que engatou o sotaque sulista, como me evocava esses detalhes de América profunda, perguntei: E Faulkner, você já leu?). Há algo de estúpido aí, no fato de um livro durar mais do que uma pessoa, o livro que pode ser uma árvore que há anos se balançava sem sair do lugar. É papel. Eu poderia rasgá-lo agora. Eu poderia colocá-lo no lixo e esperar que o mandassem para um centro de reciclagem. De qualquer forma, a chance de ele sobreviver continua sendo maior que o risco de virar outras coisas. Antônia vai virar outras coisas, porque outras coisas viraram Antônia antes, mas o que interessa ter restos de estrelas nos ossos ou ir para o fundo do mar na forma de partículas invisíveis?

Ando até o banco, me sento, mas o corpo dela, não quero pensar na transformação do corpo, só me lembrar do jeito que parecia ao tocá-lo, embora eu saiba que, esse jeito, eu acabei de inventar. Quando comprou um par de rollers e disse Me ensina?, dei mais importância ao seu quadril do que realmente tinha que dar. Escorreguei depois a importância para as coxas, ajudando a impulsionar o corpo quente. Ela deslizou por alguns metros com as pernas arqueadas, como não se deve fazer, os cabelos loiros e mal presos voando, e depois virou o rosto para trás e sorriu. Como não se deve fazer. Era um outro sorriso, um algo-além. Posso me lembrar, muito mais do que o momento em si, das vezes em que pensei sobre ele. Eu andei até ela e disse, com uma dose incomum de agressividade, Você não tem esse sorriso, ou então eu disse Você nunca sorri desse jeito pra mim. Ela não entendeu, Do que você tá falando?, ela disse, e isso me fez algo do tipo rebobinar a fita até minha fala, como rebobinamos a fita de Antônia afastando-a da morte, e achei que eu parecia, além de muito irritado, alguém idiota e completamente vulnerável, alguém que decide agir quando tudo já está perdido, como as pessoas estúpidas têm o costume de fazer. Então eu disse: Esquece. Sentia o calor preso nas botas dos meus rollers. Antônia esperou uma continuação por um tempo, que eu mudasse de ideia, que eu não deixasse tudo acabar num Esquece, mas eu não disse nada, e não dizendo nada eu nos enclausurava num tipo especial de relacionamento que começa em atração não declarada e acaba num amigos-para-sempre, para sempre mal resolvido.

Eles estão chegando, os caras. Ouço suas vozes de guerreiros medievais. Eles descem do ônibus já com os rollers nos pés, torcendo que as cabeças nas janelas os acompanhem até não poderem mais. Um deles se exibe com um salto, depois ziguezagueia de costas. Hoje eu quero ser derrubado. Porque tem vezes que escapo, que deslizo entre um e outro supostamente para recuar e defender, que não avanço com toda a velocidade que poderia por pura precaução (há grade em toda a volta). Eu coloco a minha bandana, que serve muito mais para deixar firmes as hastes dos meus óculos do que para bancar o roqueiro anos noventa, e os caras se aproximam e oferecem as mãos em cumprimentos coreografados. Respondo à sua lógica (pensando que Camilo faria mais sentido aqui do que eu) e ponho minhas joelheiras. Quero ser derrubado. Busco as dores imediatas e também aquelas que aparecem vinte e quatro horas depois. Os arranhões, os hematomas, e a decência de expô-los como uma grande vitória.

Quando a partida começa, eu corro. Com a bola, contra a bola, nada de garota, nada de deboche, daquele olhar com vergonha de mim. Na verdade, o que eles devem pensar é: por que diabos ele não jogou sempre desse jeito? Os rollers pesam, golpeiam o asfalto. Eu grito pedindo que me passem, enquanto antes aceitava a exclusão natural, gradual, bastante resignado. Sinto o suor que se acumula na bandana, e uma evidente felicidade (química) em ser agressivo. Não sei quanto tempo se passa até minha primeira queda. O que eu sei é que ela não me desanima. Só me dá é mais vontade de cair.

Camilo

É uma coisinha cinza-escuro, estreita, com um xaxim ao lado da porta, e a luz que devia iluminar a porta ilumina na verdade o xaxim e sua samambaia do tempo dos dinossauros, o que dá uma boa ideia do ridículo. Não se ouve nem um pio, ninguém entra, ninguém sai, e a rua também é quieta como um túmulo. Se me contassem que lá dentro se pratica tudo que é espécie de perversão com máscaras do Pato Donald, eu acreditaria. Se me contassem que se senta em roda para jogar Banco Imobiliário e se faz isso, só isso, até às cinco da manhã, eu também acreditaria. Absolutamente qualquer coisa parece plausível num lugar como esse.

Estaciono e continuo olhando. Ainda tenho alguns minutos de cigarro. Impressionante que Antônia tenha feito a idiotice de frequentar algum tipo de troço misterioso metido a sociedade secreta, em que as pessoas precisam inventar um código que só elas entendem para se acharem superiores a todos os outros sujeitos do planeta. Algo que eu poderia jurar que era ideia do Bernardo, mas não, ele disse que não estava com Antônia, e eu acredito. Simone mexe no porta-luvas, depois fecha sua fresta de janela. Coloca a mão de unhas vermelhas na minha coxa: Vamos lá? Deixa eu acabar o cigarro, eu digo a ela. E continuo encarando a casa, mas pensando muito pouco sobre. Na verdade, olho é para pontos fixos sem importância, como um cano aparente, branco, que sobe pela lateral da construção. A gente costumava dizer tudo um ao outro. Cansei de acordar Antônia entrando no quarto sem bater. Ela me ouvia. Ajeitava o travesseiro e sentava na cama. Eu, com as pupilas em expansão, voltando para casa aos primeiros traços de claridade no céu, contando alguma história extraordinária (pensando bem, nunca tão extraordinária assim).

Simone olha para os carros estacionados e diz Parece que tem bastante gente, o que eu confirmo com a cabeça. Jogo o cigarro fora e descemos. Vamos caminhando e eu penso então no que vai ser, Pato Donald em putaria, Banco Imobiliário para idiotas, ou apenas mais um bar nessa vida de bares? Paro na frente da casa e dou uma boa olhada ao redor. Estou na verdade procurando algum desses seguranças que se parecem demais uns com os outros, algo entre o gordo e o forte, cabelo raspado na dois, roupas pretas e um fio de telefone pendurado na orelha. Não há ninguém. Você tem certeza que é essa casa?, pergunta Simone e, antes que eu tenha tempo de responder, ela acrescenta: Você já veio aqui? Sim para a primeira pergunta e não para a segunda. Dou um passinho à frente e experimento o portão. Aberto. Simone hesita e tem ares de quem pretende perguntar mais alguma coisa, mas, felizmente, desiste. Nós seguimos o caminho de pedra até a porta e agora a samambaia e o xaxim, elevados a um metro do chão por um pedestal de ferro branco, parecem ainda mais ridículos.

Toco a campainha. O som é idêntico ao da campainha da minha casa. Simone ajeita o cabelo e me sorri com maldade. Uma fresta da porta se abre, com uma daquelas correntinhas do tempo de nossas avós, e vejo um cara barbudo de uns vinte anos olhar para nós e dizer: Sim? Isso é certamente coisa que se dizia no tempo de nossas avós. Abriam a porta e, no caso de se depararem com um desconhecido, diziam Sim? Por isso já me sinto deslocado tanto em vocabulário quanto em espírito. O cara ali, de barba bem cuidada e camiseta rosa, uns três números menores do que as minhas, que obviamente nunca têm essa cor. Quando tiro o cubo do bolso, já sou parte de um teatrinho de quinta categoria.

— Meu, eu tenho esse cubo aqui.

Estou ouvindo música e algumas risadas. O barbudo olha para mim e para Simone com mais atenção, ele e seu traje e o jeito de quem é integrante de uma banda que tira fotos promocionais comendo algodão-doce e andando de roda-gigante. É um cubo azul, ele diz. Sim, é um cubo azul, repito. Ele: E hoje é terça. Sim, e hoje é terça, e daí?

— Cubos vermelhos na terça. Azuis na quinta.

Simone dá uma risada de quem não acredita em tamanha bobagem, e eu compartilho da mesma opinião, vermelho de raiva, e então o sujeito vai fechar a porta sem desculpa, sem tchau, sem mais conversa, mas eu coloco o pé na fresta e acabo com a sua ideia estúpida de me deixar a ver navios. Ele olha para o meu pé, para o meu tênis sujo, de couro rachado, e diz que estou sendo inconveniente, ao que respondo que inconveniente é a porra daquela regra, e essa resposta que eu dei é ótima e me anima, de modo que continuo insistindo, enquanto Simone diz, puxando o meu braço, Deixa, deixa, Camilo. O barbudo me encara com a falsa expressão de quem tem a situação sob controle, vindo com papo furado de Vou chamar o segurança, mas todos nós sabemos que não há traço algum de segurança nessa sociedade de retardados (desculpe, Antônia, mas eu esperava mais de você) e que tudo que há entre nós é uma porta trancada por uma correntinha do tempo de nossas avós. O tempo em que as pessoas não deviam ter motivo para se tornar agressivas e tentar fazer com que as correntes cedessem e as portas se abrissem contra a vontade de quem está do lado de dentro.

Em algum ponto, porém, faço um movimento errado. Tento empurrar a porta com a mão e por isso afasto o pé por alguns instantes, de modo que o cara consegue finalmente fechá-la, quase me arrancando os dedos. Filho da puta!, grito, derrotado, enquanto ouço os barulhos metálicos das três fechaduras que ele tranca. Aperto a campainha sem parar, aos gritos de Simone: Para com isso, vamos embora, chega, Camilo!, mas eu não saio do lugar, nem quando ouço ele dizer Tô ligando pra polícia!, porque sei que é blefe de quem ainda está fingindo calma, mas que pela primeira vez na vida teve que se comportar como um homem de verdade e por isso está completamente em pânico. A gente pode ir pra outro lugar, Simone diz, um tanto exaltada, a gente pode ir pra qualquer lugar, e puxa meu braço e quase tropeça, então eu respondo Qualquer lugar não serve, tem que ser esse, e ela pergunta Mas por que esse? Digo que não é para ela fazer perguntas, tá legal?, enquanto saio para contornar a casa e ver se enxergo alguma coisa. Simone não vem atrás de mim.

Para o diabo o que ela está pensando agora. Ando pelo jardim. Sei o que quase todos eles pensam, e para isso nem seria preciso lembrar da clínica, mas lembro, talvez porque Antônia me fizesse tanta falta, embora eu nunca dissesse isso para ninguém, porque é para os fracos, mas eu esperava os pacotes da Antônia com as revistas de skate, as de surfe, os filmes, e sempre um bilhete na sua letra em transformação em que ela dizia que adoraria me visitar se pudesse. Eles não deixavam. Eles sabiam que Antônia gostaria de ficar, e que juntos íamos nos divertir pra valer no meio dos lunáticos. E eu diria que aquele dali é louco de atar e sempre quieto, mas você tem que ver como ele se transforma quando colocam na sua frente um prato de gelatina. A sua obsessão é gelatina, e quanto mais cores, melhor. Também há a garota da minha idade que tentou pular de uma janela fechada, o que é muita estupidez ou muita maluquice, já que o máximo que poderia acontecer era ela se cortar toda, o que, aliás, efetivamente aconteceu (as marcas que ela gosta de mostrar no refeitório). Mas os doidos mesmo, irmãzinha, têm no seu coquetel de comprimidos o Haldol. Eles viram vegetais com Haldol. Você pergunta qualquer coisa e eles são incapazes de responder e ficam sentados por horas com a cabeça vazia. Se estão na frente da tevê, não fazem a menor ideia do que está passando. Nada na cabeça. De qualquer maneira, é um lugar de merda, sobretudo quando quem vem de fora faz com que você se sinta um maluco, e ainda mais quando dizem: Eu não sei como isso pôde acontecer. Meu pai e minha mãe sempre acharam o máximo ficar me repetindo essa frase, dentro ou fora da clínica, não importa. É possível, aliás, que a estejam usando neste exato momento, Eu não sei como isso pôde acontecer, mas em relação a Antônia, pela primeira vez em relação a Antônia, o que é ótimo, o que é terrível.

Finalmente encontro uma janela acessível, cujas venezianas estão meio fechadas. Eu disse *meio* fechadas. É um pouco alta, mas tem grades por fora, de modo que pulo e me penduro nelas sem grande dificuldade.

Alguns segundos bisbilhotando são suficientes para que eu entenda que o Cubo é só um lugar metido a besta, com as paredes pintadas de vermelho, sofás de couro preto, rock independente afetado e pessoas tomando bebidas em copos de vidro.

Polaco

Duas da manhã. Escondidos nos vãos das telhas, os pássaros produzem seu lamento uniforme. Não sobrou nenhum cliente e os que tinham sobrado mandei embora. Recolho as sobras das mesas, junto as bitucas na pá e os tacos no lugar. Ainda falta muito, mas já me dá uma fisgada nas costas quando me abaixo, de modo que fico amaldiçoando todas essas etapas de limpeza que precisco vencer diariamente, assim como aqueles que têm a indecência de vomitar na minha calçada. Saio para deixar o lixo na rua e vejo que a garagem está acesa. No meio da escuridão, parece que flutua.

Jogo os sacos na lixeira. Lá está o chevette 88, o capô aberto, e Camilo o observa com a luz auxiliar. Que convicção, que delírio é esse de que fazer uma lata velha funcionar vai resolver algum de seus problemas? É imaturo, ou simplesmente louco, agir como se o chevette fosse a droga de um cubo mágico. Havia dito mesmo ontem: vou fazer aquele troço andar, com um entusiasmo e uma empolgação deslocada. Deus, é um carro. Um carro. Eu achei que ele daria um tempo. Como pode pensar num carro, como pode manter a importância que isso tinha? Se eu fosse Camilo, a última coisa em que poderia pensar seria em mexer e remexer em carros, para em seguida colocá-los à prova nas avenidas desertas da madrugada. É como continuar limpando uma coleção de armas quando sua irmã acabou de meter uma bala na cabeça. E, o pior, por acidente.

Camilo vai para o fundo da garagem, desaparece. É verdade que eu tenho observado a casa mais do que de costume. Há um entra e sai de parentes distantes e constrangidos, cujas crianças se agarram às suas pernas, às vezes chorando com medo de entrar. Na saída, elas disparam em direção aos carros. Talvez os temessem se soubessem de toda a história. Duvido que saibam. E não acredito nem mesmo que Antônia tenha visto esses prováveis primos em terceiro grau mais do que uma vez na vida.

Entro novamente no bar. É passar o esfregão e vou embora. Em todos esses anos, quantas pegadas dessas, de losangos marcados no barro, eu limpei nos finais das noites? Se um para de usar o tênis porque cresceu, ou às vezes para até mesmo de vir porque cresceu, outro vai entrando com um par novinho, que depois estraga por gosto para deixar visível a rebeldia. Os mesmos losangos na sola. A mesma pisada decidida. Aquela vontade incontrolável de chutar o mundo.

Eu vi toda essa gente passar. Vai lá fora, senta, fuma maconha, a paisagem do lago é boa para garoto achar que filosofa. Em noite fria, já teve moleque se jogando na água para provar alguma coisa (que nunca é a estupidez, mas sempre acaba sendo) e, como todo mundo aparentemente sabe, essa água aqui é parte água suja de esgoto maltratado, largado de qualquer jeito, marrom não por acaso. Então lá eu ia, obrigado a me envolver, tirar ideia idiota de cabeça de adolescente. Tudo bem, foi bom, confesso, e digo isso no passado porque sei que nunca esteve tão perto de acabar. Sonho nem é para durar tanto. Ainda mais sonho que não é bem sonho, mas mais uma questão de dos males, o menor.

É o tempo de resolverem as últimas pendengas jurídicas. Há um novo secretário bem disposto a trabalhar, vi no jornal. Vi desenho feito em computador com o título de Projeto de Revitalização da Orla, nome pomposo para dizer que tiram tudo que surgiu de espontâneo e trocam por lugar limpinho sem nenhuma graça, que ninguém vai frequentar. Revitalização? Vida não é o que colocam. Vida é o que tiram daqui.

Então há um som metálico e ritmado, que para e depois recomeça. Encosto o esfregão na parede e vou em direção à rua, já imaginando. Camilo mexe no motor. Pendurada no capô, a luz auxiliar balança como um pêndulo, e o ruído, cada vez mais forte, parece que faz vibrar todas as coisas antes adormecidas. Se isso é coisa para se fazer a uma hora dessas. De qualquer maneira, nenhum vizinho teria coragem de reclamar de família em luto. Acho que finalmente autorizaram a sua loucura, parceiro, falo alto para mim mesmo, e vejo de repente que a sala se ilumina com todo o seu jogo de lâmpadas. Quer dizer que eles estão acordados, o pai e a mãe de Camilo, e Deus me perdoe se o velho não está pagando os seus pecados, como eu devia estar pagando os meus. Deus me perdoe se não é culpa dos três, tanto quanto minha e de todos os seres desgraçados desta terra.

A cortina da casa se mexe. E então Camilo para de bater e eu percebo que o telefone do bar está tocando. Não corro imediatamente. Há quanto tempo toca, e por quê? Deve passar das três da manhã, não faz sentido alguém ligar tão tarde. Continua tocando. Agora acelero o passo, cruzo o balcão e atendo.

— Alô?

Ninguém responde. E isso mesmo quando insisto, irritado, impaciente, sentindo que me fazem perder tempo, e repito sucessivos alôs, com a certeza de que, do outro lado da linha, há alguém que hesita entre o dizer e o não dizer.

Lucas

Fui colocado para dormir nesse dia à meia-noite e meia, o que acontece, como diriam, a cada morte de papa. É que meus pais me deixam ficar acordado até a meia-noite e só, e já é uma boa coisa, uma grande coisa, ou pelo menos assim pensam os colegas da escola, uns pobres coitados que têm que dormir às dez. Os pais chamam isso de Educação. Todos os pais adoram praticar o famoso toque de recolher, e óbvio que são eles que controlam a hora e os filhos nunca ganham relógios de pulso no Natal, o que me faz pensar que os pais trapaceiam o tempo inteiro. No meu caso, bateu meia-noite (é o que dizem) e eu preciso voar até o quarto, colocar o pijama em velocidade supersônica, escovar os dentes como um lince (sem tempo para os de cima à direita) e deitar para ganhar o meu beijo de boa-noite. E isso mesmo quando há uma porção de coisas acontecendo no apartamento, o que é bem comum, e que não param de acontecer depois da meia-noite (tenho até a impressão de que acontecem com mais vontade). Então sou eu deitado no escuro, sem conseguir pegar no sono, e a alegria toda entrando pela fresta da porta.

Quer dizer, no quase escuro. Acontece que há uma placa brilhante e gigantesca colada à minha janela, com uma menina ruiva segurando um celular e sorrindo. Eles chamam isso de Frontlight. Meu quarto fica todo azul. Por exemplo, o Godzilla de sessenta centímetros e com membros articulados, que é verde, fica azul. A caixa de música que é um carrossel de quando eu era menor e da qual me envergonho um pouco e por isso deixo numa prateleira bem alta, também fica azul, e a mesma coisa para o pôster do Senhor dos Anéis e para o meu computador. Eu, que já sou bem ruim para dormir, vejo esse azul e daí fico pensando numa menina da minha aula que nem me dá bola, e ouço os barulhos da rua, que não são muitos, mas que sempre deixam a gente esperando por eles, e também toda a movimentação daqui de casa. Principalmente quando o Paulo está. O Paulo é colega do pai na clínica, só que cuida de estômagos e intestinos, o que é meio nojento (o meu pai cuida dos olhos, são só uns cartazes com umas letras, uns colírios e fim). Quem sempre acha que seria legal convidar o Paulo para um jantar na verdade é minha mãe, porque diz que ele deve se sentir sozinho desde a separação, o coitado!, mas ele nunca parece tão coitado assim, e logo está rindo e tem uma risada como a de uma mulher, e em geral ele e minha mãe riem um depois do outro ou até ao mesmo tempo, enquanto do meu pai eu não ouço nem um pio.

Boa noite Lucas e beijo na bochecha e cobertas até as orelhas, das quais eu me livro assim que ela fecha a porta, louca para voltar ao papinho com o Paulo e o pai de testemunha silenciosa, mas nesse dia eram mais que três, eram cinco pessoas, sendo esses outros dois um casal muito do sem graça, que fez uma única coisa que presta na vida: me levar para andar de lancha. Foi só uma vez, e já há tanto tempo que estou quase me esquecendo, e enquanto isso vêm aqui e sempre prometem um passeio que nunca acontece só para terem algo para me dizer enquanto meus pais não me mandam dormir e, no dia seguinte, a mãe reclama que sujam de vinho a toalha e que deviam ter mais cuidado, porque vinho é a coisa mais difícil de se tirar de uma toalha, e logo a de renda, que ela usa nas ocasiões especiais. Quanto a mim, eu nunca mais vi a cor da lancha, que é certamente branca, mas, enfim, nunca mais fui levado para um passeio no lago.

E eles estavam aqui nesse dia como em alguns outros antes e alguns outros depois. Eu via a luz pela fresta da porta, e que haviam colocado um CD desses quase de música de ninar, com sussurros de mulher e um saxofone tocado em sopradas bem leves. Mesmo assim, eu não dormia. Parecia até que era para esperar o estrondo como em Velozes & furiosos, que veio entre um pensamento já esquecido e outro. A gente sabe como é perigosa a ladeira, dá frio na barriga quando desce, eu sinto, mas não tenho medo. Da cama, ouço uns carros que às vezes aceleram. Meu pai chama esse tipo de gente de Idiota (quando ele não percebe que estou ouvindo, ele os chama de Filhos da Puta). Mas dessa vez não ouvi ronco de motor nem nada. Foi só um estrondo enorme quase embaixo da minha janela.

Levantei correndo, abri as cortinas, o vidro, e fiquei na ponta dos pés, os pés congelados, a ponta mais congelada, o vento frio em cheio na cara, e só a metade do carro que eu tinha imaginado estava lá. Grudado no poste, no final da ladeira, do início pro meio não tinha, do meio pro fim um pouco, mas mesmo isso já era outra coisa, dobrada, em ondas, tipo uma gaita da qual se tiram uns sonzinhos bestas na aula de música, e no chão uns pedaços de vidro como estrelas. E logo foi minha mãe quem entrou no quarto, porque a sala não tinha vista para a ladeira, foi até a janela, comigo lá, mas nem ligou, nem me via, e dizia para si mesma Ó meu Deus, Jesus Cristo, que coisa, Que coisa horrível, meu Deus, e saiu.

Fiquei assustado. Carro daquele jeito, eu não tinha visto de verdade. E achei que alguém devia estar preocupado em me dizer alguma coisa, pelo menos em não me deixar ver mais, porque todo mundo sabe que eu costumo ter uns pesadelos daqueles. Por exemplo, eu já sonhei que estava num trem que de repente pegava fogo (eu era um inspetor de polícia atrás de uns caras perigosos). Isso sem nunca ter andado de trem. E eu tive que saltar do trem em chamas e foi horrível. De acordar gritando e tudo o mais. De modo que decidi ir para a sala também, e fiquei parado olhando o jeito que estavam na sala, falando misturado, meu pai e minha mãe andando de um lado para o outro, e meu pai daí saiu correndo, nunca tinha visto ele correr, ele anda de sapato, saiu do apartamento e sem fechar a porta, ouvimos seus passos na escada, descendo de dois em dois ou de três em três, como ele nunca deixava que eu fizesse. Eu, parado com aquele pijama que arrasta no chão, queria que me vissem, mas nem, o Paulo com a cabeça apoiada nas mãos e o casal no sofá perdido pra burro, e minha mãe de pé olhando o telefone, não olhando, olhando, não olhando.

O que eu fiz depois, já que ninguém me dava a mínima, foi voltar direto para a janela do meu quarto. Meu pai estava lá embaixo, e também dois vizinhos do terceiro andar (que eram gays) na beira da lata amassada, com o poste cortado no meio e pendurado só pelos fios e, enquanto isso, na sala, o casal falava um monte de coisas, o marido com a mulher e a mulher com o marido, e eu ouvia uns pedaços, Um horror, Mas nenhuma sinalização, O mínimo de segurança, Na velocidade que costumam descer, Os jovens hoje em dia. Este último pedaço, Os jovens hoje em dia, eu ouvi um bocado de vezes, e nisso meu pai enfiou a cara para dentro do que tinha sobrado da janela do carro e eu sabia que ele devia fazer aquilo, ainda mais porque era médico, mas fiquei com muito medo de ver o resto, e por isso corri de novo para a sala.

Olhei um tempo para as migalhas que o Paulo catava e juntava num montinho, bem próximo a uma grande mancha de vinho. Ninguém lembrava que era para eu estar dormindo, mas que eu estava acordado. Eu tinha adquirido o superpoder da invisibilidade, como sempre acontece com meus heróis favoritos. Então ouvimos barulho nas escadas e meu pai apareceu, e todos os olhos estavam em cima dele. Eram muitos os olhos. A menina está morta, ele disse. Ninguém entendeu direito. A menina? A menina está morta. Parecia um tipo de código. A menina está morta. Ele falava com a voz sumida. Pegou o telefone tremendo e apertou em três botões, Uma menina morta, Rua tal número tal Meu nome é Um carro Num poste Acaba de acontecer, Menos de dez minutos, Sim eu tenho certeza que está, Sou médico.

Foi só depois disso que minha mãe olhou para mim. Ela veio e pegou a minha cabeça como se fosse tirá-la do lugar, e eu fiquei feliz e infeliz tudo ao mesmo tempo, ainda mais quando passou os braços pelo meu pescoço e me esganava quase e, sem nenhuma vergonha daquela gente ali na nossa sala, ela começou a soluçar. As lágrimas dela molhavam a minha bochecha, era bem incômodo, mas eu não tinha saída. E assim ela ficou um tempo, me sufocando e dizendo Ai, meu filho, Que coisa horrível, mas ela não esperava que eu respondesse nem nada, e continuava Ai, meu filho, Ai, meu filho, quando Paulo resolveu abrir a boca disse O que será que foi a última coisa que ela pensou? E acho que isso foi bastante terrível para todos nós.

Bernardo

As cadeiras já subiram nas mesas, aos montes. Estou cansado e bêbado e absolutamente pondo toda a escuridão para dentro. Uma, duas ou três da manhã, só quem pode saber é a Helena, que passa o tempo olhando o relógio, mesmo quando o tempo é desnecessário. O pulso direito coberto pelo casaco agora. O que você tanto olha? Bêbados olham o que querem e quando querem, até porque demoram um tantinho a mais para compreender. Respondo: Seu relógio. Ela arregaça a manga e se exibe com o relógio suíço de plástico. Eu agarro o seu braço sem o menor constrangimento: É um tubarão? Meu dedo cambaleia. Ela olha fundo, como se pudesse ter se esquecido do senhor-tubarão-centenas-de-encontros-diários, e de repente fica muito engraçado isso de ser um tubarão representado ali, isso de ser um relógio, de sermos eu e Helena neste bar que serve as especialidades de uma região distante e que por isso cobra o preço que cobra. Helena ri. Eu rio também. O bar está a fim de fechar as portas, mas nós seguimos, vamos para o lado dos relógios, das memórias, num longo tratado etílico a respeito do funcionamento filósofo-mecânico do tempo. E se penso (penso-breve) na invenção de um relógio que pudesse contar a vida de quem o usa até um zero fatal, não digo nada, porque longe de mim cortar a diversão. Além do mais, ainda estou aqui e, do meu zero, prefiro não saber. Olho a impaciência do garçom no traje que imita qualquer coisa mais para o norte e isso me leva de volta ao eixo da piada. Seguro um riso rebelde, e Helena dizendo que já está na hora de eu ter um emprego, ao menos um estágio, do que também rimos juntos enquanto eu tento tirar uma última gota da garrafa de cerveja. Ela, por sua vez, está decidida a sair do jornal, Estudo agora pra concurso público, diz, o que não deixa de me impressionar um pouco, e então, depois de um brevíssimo silêncio, pergunto se ela já viu a nova campanha de trânsito, mas Helena não ouve, ou finge. Tem os olhos na rua, quase toda apagada, as grades e o grafite nas grades, e eu e toda a escuridão para dentro.

Mas que dia esse que já foi! Eu estava caminhando próximo à ladeira (desculpem-me, mas às vezes é preciso passar nessa rua), distraído e preocupado com besteiras de vários tamanhos, do tipo os elásticos gastos das meias e as cores que, estando na moda, eu tento evitar, e ainda as aulas que logo recomeçarão. Então escutei: Bernardo, ei, Bernardo! Parei de pensar e virei a cabeça. Era o Jaime metido no uniforme da empresa de segurança privada, mastigando um palito de dente. Ahn. Oi. Com a mão, ele deslocou o palito para o outro lado da boca e, como se fosse natural andarmos juntos por aí, emparelhou-se na minha caminhada. Demorou pra aparecer, hein, ele disse. Sorri de leve, constrangido. Fiz algo pra você, continuou, tentando disfarçar o indisfarçável ar de superioridade. Voltei a pensar, e o que pensei foi exatamente: Será que podemos de algum modo desfazer esse acaso? Mas nisso já se ia uma quadra inteira, tarde demais, e Jaime parou, o que me fez também parar. Olhei para os lados. Estávamos quase na frente do prédio 60, e a tarde era movimentada, com gente buzinando e motores desregulados e motoboys alinhados esperando o verde e, nas calçadas, o pessoal de terno e os folhetos de corte de cabelo e as crianças engordurando a vitrine da loja de brinquedos. Eu carregava uma sacola amarela com duas joelheiras novinhas em folha, e Jaime deu uma boa olhada na direção da sacola, enquanto o palito sumia de um canto da boca e misteriosamente reaparecia no outro. E a ladainha começou: eu calculei a velocidade da sua amiga. Sabia que você ia voltar e gostaria de dizer isso pra você, você sabe, é um cálculo bem elementar, a tela cobre tantos metros, o carro demora tantos segundos pra passar e pronto, obtemos a velocidade. É difícil ser extremamente preciso, é claro, mas acho que posso dizer que a sua amiga estava a cinquenta e cinco quilômetros por hora. Você deve concordar comigo que, naquela altura, todas as pessoas já estão freando há algum tempo, a descida está logo ali, e cinquenta e cinco quilômetros é mesmo demais. A quanto você desce? Com certeza já deve ter reparado nisso. Cinquenta e cinco pra uma ladeira tão íngreme? Impossível.

Jaime sacudia a cabeça, contrariado.

— A quarenta.

— Pois então. Quarenta me parece razoável.

Isso era o mesmo que dizer que cinquenta e cinco não era razoável, que era o mesmo que dizer que Antônia não era razoável. Por outro lado, Antônia sempre me pareceu alguém pra lá de razoável.

Jaime olhava para a ladeira, para os carros subitamente inclinados, escorrendo como água. Eu não tentaria descer a cinquenta e cinco quilômetros pra ver o que acontece, ele disse.

Fiquei um pouco sem entender Antônia e sem entender Jaime, e com tudo isso é que cheguei ao bar onde ia encontrar Helena. O bar estava lotado de verdade, com gente de pé e até um violão e todos os sucessos dos anos noventa nesse violão. Daqui da mesa, Helena acenou.

Foram horas de largas conversas, de copo sempre cheio de cerveja artesanal, e de Helena me contando histórias de infância, porque é normal relembrarmos e contabilizarmos os momentos felizes desde que Antônia morreu, provando que morreremos também. De velhice, já sabíamos, mas de acaso ainda não. De todo modo, na minha vez de falar, ou ao menos de introduzir as discussões, escolhi as políticas públicas de estímulo à leitura e a música sueca do Abba até hoje, entre outras mais rasas, ou pretensamente profundas.

Todos os assuntos eram pontuados com olhadinhas ao relógio-tubarão. Não que Helena se entediasse. É apenas um hábito que não pode controlar. E logo depois de uma dessas olhadinhas, que mal localizo no espaço ou no tempo, ela levantou a cabeça e encontrou o olhar de um sujeito, que mandava um Oi tudo bom? Respondeu ao Oi tudo bom com alguma surpresa e algum desagrado, como eu com o Jaime nessa mesma tarde, e notei que, a partir daí, Antônia, digo, Helena ficou desatenta por causa desse sujeito de camisa polo que sorria para tudo mostrando todos os dentes e ainda uns a mais que parecia ter. Ah, não me diga que há algo entre ela e o cara, e agora o cara imaginou que há algo entre mim e ela, e agora Helena imaginou que ele pode ter imaginado, pensei. A verdade é que isso seria simples. Banal, eu diria. Mas não. Sabe, as situações complexas deixam faíscas no ar, e eu via claramente as faíscas. Fagulhavam, se posso usar um verbo que não sei se existe. E ainda por cima eu notava que Helena recolhia para trás da orelha o cabelo que caía no rosto, o que normalmente não fazia. Sim, convivemos bastante eu e Helena, através de Antônia, para eu saber que não havia uma relação íntima entre ela e seu cabelo, como no caso de algumas mulheres, e em particular com as mechas que se vão para a frente. Algo não ia bem. Então eu disse, entre as faíscas, entre o mundo que rodava e eu sentia: O que foi, Helena? Ela ajeitou-se na cadeira, o que era com certeza mais um indício, e acho que comecei a entender antes que ela começasse a explicar.

— Olha, eu não sabia disso daquela vez. Daquela vez que você me procurou.

Disso o quê?, perguntei. De novo ela mexeu as pernas, os braços, endireitou a coluna, ganhou tempo, elaborou de um jeito e não disse, de outro e não disse. Virou a cabeça. Olhou o sujeito, que espetava três batatas fritas num palito. Voltou a olhar para mim. Disse: Ele e a Antônia, naquela noite e, enfim, em outras também. Baixou a cabeça. Perguntou se eu sabia. Eu disse: Claro que não.

Tantos dias sem nada e tudo isso hoje, de modo que me sobram motivos para a embriaguez e a estupidez. Quem é essa Antônia, essa Antônia que desce na velocidade acima do bom senso, e o sujeito que estava ali naquela mesa, indo embora num horário normal enquanto eu e Helena íamos ficando, quem é esse sujeito da camisa polo que certamente representa tudo o que eu e Antônia mais desprezávamos? Do que ríamos juntos, eu e Antônia! E eu sem saber do romance ou coisa que o valha, enquanto bancava o bobo fazendo todo tipo de confidências, aumentando histórias, quem sabe, para me fazer interessante? O difícil é exigir respostas de quem não está mais lá (e que eu não caia na armadilha de reconstruir o que já passou).

— Bernardo.

Eu sei. Já são duas, três, talvez quatro da manhã, e eles só estão esperando que a gente vá embora.

Camilo

Isso é o que de fato você poderia chamar de pesadelo: um sonho que era como se Antônia estivesse viva. Sonhos eu tenho um bocado. Estou querendo matar alguém na maior parte deles, ou então alguém está querendo me matar. Perseguições alucinantes e tiros e sangue, esse é o meu sonho de sempre. Acordo querendo mais.

No sonho com Antônia, no entanto, não havia nada do gênero, e acordei transtornado, paranoico, com lençol caído no chão. Tinha ido dormir ainda com sol. Agora era noite fechada. Gente ria no Polaco (rindo de quê?). Coloquei os tênis e desci. Sentada na poltrona, de costas para mim, minha mãe ainda tricotava, sem rádio ou tevê, sofrendo apenas, como se desse cada ponto na carne. E para quem era? Eu não usava lã, e então não tinha mais touca possível, que a Antônia gostava de ter em todas as cores, não tinha mais manta listrada, e muito menos se imaginar fazendo roupa para neto. Ela não se virou na minha direção. Tenho dúvida se ao menos olhava para o que estava fazendo, porque a cabeça parecia levantada demais, como se o que a interessasse fossem os desenhos dos pratos de porcelana, presos como quadros na parede a sua frente. Pelo braço direito da poltrona, descia a parte já pronta da roupa, em lã vermelha, quase tocando o piso.

Bato a porta. Na tarde mesmo, do lado do bar, a prefeitura instalou uma arquibancada para as regatas do fim de semana. Que regatas? Eu estou por fora. Fizeram é minha cabeça latejar, e talvez por isso sonhei o que sonhei. A arquibancada agora é um conjunto de sombras desconexas. Parece completamente frágil e tosca, uma união improvisada de madeira com metal. Difícil acreditar que sustentará um bando de famílias incapazes de entender as regras do esporte, e até o que há de mais elementar nelas, como quem está ganhando e quem está perdendo. Mesmo assim, se divertem com seus sacos de pipoca, fazendo uns aos outros observações a respeito das cores das velas. O assunto cores das velas é o mais longe que podem ir.

Começo a minha subida rumo ao último degrau. Eu piso firme, a arquibancada treme, e que desmorone!, eu penso. As vozes que saem do bar transformam-se em uma massa compacta à medida que eu me distancio delas. Sento lá em cima, estico as pernas. A luz da sala de sinuca deixa listras alaranjadas e trêmulas na água, e eu poderia dar mais importância para isso, como nas noites em que fumava um baseado com Antônia. Era ela quem me fazia reparar nas luzes e em outras coisas que estavam na nossa volta, mas tudo mudou, tenho outros problemas e, se eu fosse um babaca, estaria procurando, neste exato momento, algumas pistas naqueles dicionários de sonhos, sobretudo no M de metrô, no D de dança e no L de leão.

O metrô se deslocava na escuridão do túnel. Eu estava sozinho no vagão e, por um tempo, nada parecia acontecer. Talvez eu soubesse, como a gente sabe em sonho, sem muita explicação, que eu tinha que esperar, e que isso era tudo que eu faria e que eu deveria fazer. De repente, o metrô diminuía a velocidade, até atingir e manter um ritmo lento quase imperceptível. Mas então vinha um pouco de luz, e eu, em pé, com a cara colada no vidro, via que a gente chegava a algum lugar. A velocidade seguia constante. O metrô passava por dentro do Cubo. Não era o Cubo de verdade, mas o Cubo do meu sonho incompreensível, onde as pessoas dançavam, mas eu não escutava a música, nada da música, e a percepção de que elas se mexiam no silêncio me deixava completamente desconfortável e desnorteado. Havia fumaça de cigarro no ar, havia gelo-seco, e os corpos perdidos no meio dessa névoa continuavam dançando, até o momento em que uma meia dúzia deles, em pontos diversos da multidão, parou com suas danças e simplesmente decidiu me encarar, seguindo o movimento do metrô com os olhos. Eu forçava a porta para descer, insistia, sem conseguir, quando vi Antônia. Parada entre os que se mexiam demais com a música da qual eu não ouvia nem traço, Antônia tinha o rosto coberto por uma máscara de leão. Os olhos eram dois buracos negros, a boca de plástico, aberta, tinha os caninos à mostra, e os pelos eriçados da juba me davam arrepios. Eu não tinha dúvida de que era ela. Usava um vestido azul-marinho de quando era pequena, embora ali já estivesse em corpo de adulta.

Alcanço meu maço de cigarros. Ainda estou no momento em que um sonho parece uma parte de algo que se viveu. Depois essa sensação tende a se dissipar, até que tudo não pareça mais que uma piada de mau gosto. No meio dos filtros amarelos, há um de tom avermelhado. Um cigarro de cereja. Começo a fumá-lo em homenagem à minha irmã morta.

Teve noite em que eu quis ver como era o carro. Por dentro, por baixo, o que tinha mudado e o que era igual. Eu não disse para ninguém. O carro era deles, não meu, e eles costumam achar que eu estrago tudo, que basta que eu toque nas coisas para que elas se estraguem. Mas a madrugada é toda minha, e fodam-se eles. Na garagem, muito já passei queimando dedo, trocando arruela, vela, fusível, montando e desmontando carburador. Para mim, dirigir nunca foi o suficiente. Criei as máquinas que eu queria. Inventei, improvisei, comprei, troquei, vi cara fazer e fiz igual, li revista especializada. Mas sempre achei particularmente excitante o fato de que é impossível entender tudo. A surpresa, que outras coisas da vida não me davam mais, me instigava e me levava adiante.

E se eu mexi onde não devia? A gente não tem o controle de tudo. Às vezes a máquina faz o que bem quer. Além disso, não tem cabeça que possa se lembrar de toda apertada de menos, toda soltada de mais, um espaço sobrando, uma peça gasta, meia-volta num parafuso de regulagem quando o certo era uma, e vice-versa. Eu tinha que mexer. Nos meus próprios brinquedos, eu sei, mas também me tentava ver o que sempre faltou nos meus carros, air bag, ABS, setor de direção hidráulica. Ali na garagem, enquanto todos dormiam, eu me divertia. Algumas noites, olhando para a rua, tinha a impressão de ver o Bernardo dentro do seu carro, isso quando até o Polaco já havia baixado as grades e ido embora. O que ele fazia, eu não sei, mas a ideia de que estava me observando me entusiasmava ainda mais. Se era verdade ou delírio, não posso saber, eu quase nunca estava cem por cento consciente, como não posso saber se mexi ou não mexi no carro da Antônia e se assim tirei alguma coisa do seu rumo. Mas quem poderia dizer que isso fez alguma diferença? Ninguém poderia. Ninguém nunca dirá uma coisa dessas.

Polaco

Ouvia o arrastar da minha caminhada. As noites de lá eram mais escuras, e não que o céu mudasse. Mudava a terra, que era vermelha, sem listra branca ou olho de gato ou sinalização para curva perigosa. Mudava também o que ficava sobre ela, que não era muito. Era casa pequena, distante uma da outra, com luz fraca na frente e campo e bicho. Se vinha um carro, era envolto em nuvem de pó, cambaleando para desviar dos buracos, mas quase nunca vinha e, se viesse, eu estaria lá, as mãos nos bolsos e a cabeça baixa, naquele meu caminho de sempre. Ônibus também não viria para pegar e largar gente no abrigo, já meio marrom embora pintado de branco, porque ele parava de passar às nove, e já eram mais de dez. De todo jeito, eu não tinha pressa de chegar. Havia decidido ali comigo que ia embora, mas, para Rosa, era uma noite como outra.

Talvez ela até já estivesse no quarto. Estava? Não. Todas as janelas escuras. Empurrei o portãozinho e entrei. Misteriosamente, havia parado de ranger. A cidade era assim, nada tinha, comida típica, rio para descer, igreja para fotografia, então esse único hotel era o bastante para puta, caminhoneiro e acaso, além de mim e da Rosa, duas vezes por semana no quarto catorze. Abri a porta, que respondeu com as primeiras notas de uma música de Natal. Eu via, por trás do balcão, a cabeça raspada do Luciano, iluminada apenas pela luz da tevê. Ainda não chegou, ele disse. Respondi que sabia, e me aproximei. Luciano estava afundado na poltrona, os pés esticados até uma cadeira, só de meia, olhando para os borrões da imagem que saía de quadro e subia e voltava. Não tinha som algum. Encarei o pinheiro branco de plástico sobre o balcão, só a metade da tripa de luzes coloridas funcionando, e disse ao Luciano: Feliz Natal. Ele não se mexeu.

— Alexandre, o Natal é na terça.

— Eu sei, cara.

Todas as chaves estavam penduradas em fila, as oito chaves dos oito quartos, que começavam no número seis, saltavam o treze, e terminavam no catorze. Passei o braço por cima do balcão e peguei a minha. Mesmo assim, feliz Natal, eu disse, e logo eu subia os dois lances de escada na penumbra, e enfiava a chave na porta, e acendia a luz, e sentava na cama.

Não sei por quanto tempo fiquei sentado naquela cama do catorze, muito, mas com nenhuma vontade de mudar de ideia, mesmo que pensasse e repensasse, enquanto o abajur juntava inseto, dos que entram e não conseguem mais sair. Como demoravam aqueles jantares dos Festugatto! Se já com o dinheiro no bolso, não tinham mesmo por que ter pressa. E Rosa com obrigação de ficar até o fim, só no fim dando um jeito de sair, meio escondida, meio acobertada pela irmã, vindo para esta sujeira, para esta decadência.

Enquanto eu esperava Rosa, acendi até cigarro que tinha comprado naquela tarde mesmo, tossindo de bobo, um seguido do outro e com os dedos meio trêmulos, procurando encher o quarto de fumaça. Risquei fósforo e deixei queimar os dedos. A caixa de fósforos inteira. Joguei os toquinhos pretos sobre a colcha cor de coisa velha, enquanto lembrava que Luciano, nos tempos do colégio, tinha o hábito de comer as cabeças queimadas dos fósforos, e creio que isso era ser um rebelde na nossa cidade, comer as cabeças queimadas dos palitos de fósforo. Mas agora o que Luciano gostava, desde que herdara o hotel, era fazer negócio, com as putas para quem precisasse, com motoristas de carros estragados para quem revendia peças superfaturadas, comigo e com Rosa e nossa paixão juvenil, enfim, com isso que ninguém queria e ninguém podia imaginar.

E quando eu quase nem lembrava o que tinha ido fazer ali, a luz do corredor se acendeu. Eu via por debaixo da porta. Encarei o filete amarelo, e em mim tinha o peso de ter que esconder que minha vida ia ser outra, e sem ela. Rosa demoraria ainda mais um instante para bater, talvez arrumando a roupa, o cabelo, talvez reavaliando o que já estava em marcha. Depois, as quatro batidas de sempre. Levantei. A mão que agarrava a maçaneta congelou por um momento. A outra, no bolso, tocava a passagem já comprada. Mais quatro batidas.

Dessa vez, abro. Será que ela ainda vê o que via em mim e em nós? Tem os olhos cheios de alguma coisa que eu não sei. Na ponta dos pés, ela me beija. Fecho a porta enquanto Rosa diz Tá cada vez mais difícil. Suspira, tira o casaco e olha para a cama. O que você fez?, ela pergunta, mas sem muita surpresa no tom. Como alguém que espera qualquer coisa de mim. Não respondo. Ela abre espaço entre os palitos e senta.

— Só faltam quinhentos.

É tão banal na sua boca, quinhentos, quinhentos que sabe que vai conseguir, os lábios se abrindo num sorriso de quem mesmo assim se delicia com a trangressão que está cometendo. Ando até a janela. São só joias, Rosa diz, e que ela nunca usa. Digo que sei disso. Metido em cada ponto sórdido, não me cabe o direito de julgar. Olho para fora, para o nada que é o lá fora, tudo no escuro absoluto, menos a copa de uma árvore na altura dos meus olhos, que balança e range do vento. Isso é tudo que há no meu mundo neste instante preciso. Uma árvore e uma casa de madeira. Saber terminar para saber recomeçar, penso. Eu me viro para Rosa.

— Você tem medo?

Rosa brinca com um palito de fósforo. Pressiona-o com o polegar e o indicador até que ele estale e se quebre no meio. Tenho, ela diz. Agora ela olha fixamente para o quadro com as mulheres abaixadas colhendo flores, o quadro que Luciano ganhou numa aposta, não sei se rinha de galo ou truco, se com sorte ou de tramoia, e de que gostamos muito. Rosa diz: mas não tanto medo assim. Mas não tanto medo assim, eu repito. Cada coisa que se esconde em frase curta. O tempo come palavra, a gente diz cada vez menos, ouve cada vez mais. Como eu que tinha, naquele momento, o barulho da serra dentro de mim, tanto o barulho da serra girando em si mesma quanto o barulho da serra ao cortar a tora em dois, e também a voz do irmão da Rosa, trabalhando uns dias comigo, aprendendo o ofício por teimosia do pai que, sabe-se lá por quê, achava bom o garoto sofrer nessa idade, só para depois descobrir que o que o aguardava era vida fácil. Era como mandar príncipe servir na linha de frente. Eu às vezes tinha a impressão de que ele sabia, e que as frases gritadas por cima do barulho da serra tinham duplo sentido, me testavam. E eu não amava o perigo. Só tinha caído nele por falta de opção. Além do mais, sabia bem o que Deus pensava sobre matar crianças.

Rosa ainda olha para o quadro.

— Você me disse que não ia doer.

Respondo: e não vai doer. Sento na cama, sobre os palitos. E ela: então por que você me pergunta se eu tenho medo? Eu digo: Esquece, vai. Ela sorri. Eu retribuo. É terrível a sensação de que não se pode ainda avançar, não se pode mais recuar, só se pode mesmo é esperar que passe, e que vá junto esse desconforto, mas não, mesmo quando Rosa diz que tem que ir (Rosa sempre vai antes de mim, com um beijo, um abraço apertado de paixão e um até-amanhã, na serraria), não passa, e eu fico mais um tempo ali parado, pensando então que vai acabar no ônibus, ou na chegada, que seja, e essa previsão inventada me acalma um pouco. Apago a luz e desço. Luciano dorme na frente da tevê, brilhante e silenciosa, a cabeça pendendo para o lado da porta.

Bernardo

Dia ensolarado, massa de ar polar que vem do sul, e a previsão da semana tem outros seis sóis, redondinhos, sem nenhuma nuvem. Pois está bem bonito mesmo, e eu congelo a bunda sentado na grama do campus. Engraçado que estar à frente do seu tempo é estar atrás do seu tempo, penso olhando o jornal. Se eu usasse esses óculos, como esse cara do rock, imagina se eu usasse esses óculos tipo dois pires, encobrindo as sobrancelhas e tudo, o mesmo que você poderia encontrar na foto de um antepassado italiano, se você tivesse um antepassado italiano. Eu sei porque sou míope desde pequeno, e muito perdi óculos no meio de briga de infância, e briga que era por causa dos óculos. Que eles fossem discretos, fininhos como os de leitura para senhoras, que fossem com a armação estampada de personagem da moda para agradar moleque, nada parecia adiantar, e a criança já vinha com a maldade pronta, apelido besta, risadinha. Imagina então se eu tivesse usado esse tipo de óculos, ou mesmo se usasse hoje, como um cara que parou no tempo, mas que no fundo é o cara que avançou no tempo, como no fundo o corinho da escola é a celebridade do rock.

E o sujeito comum da Antônia, aquele com ares de quem passa as férias inteiras na praia, o tipo de gente que encontra prazer imenso em não fazer nada, o sujeito comum da Antônia são todos os meninos loiros que jogavam futebol no recreio, mas que sempre tiravam algum tempo para implicar comigo? Na mosca. Meu consolo é que, como eu disse, quem estava embaixo, passada a tenebrosa infância, sempre tem a chance de subir. E é só levantar a cabeça para ter a certeza: alguns minutinhos e já dou uns olás.

É que eles me acham um cara bacana agora, um cara que sabe muito, e saber muito na verdade não é grande coisa, pois estamos falando de pessoas que dizem que vão aprender russo para ler Dostoiévski no original, mas que no fim das contas não têm persistência nem para vencer a metade do alfabeto cirílico. Então eles, porque são um tanto preguiçosos, costumam falar: Pergunta pro Bernardo, o Bernardo sabe. E dizem isso para qualquer assunto. Mas é claro que eu sei (o que digo só para mim mesmo): enquanto vocês estavam todos juntos e felizes e rindo pra valer nos parques ou nos pátios de casa ou nas piscinas dos prédios ou nas festas dos colegas, eu fiquei sozinho no meu quarto lendo essas coisas sobre as quais vocês não sabem, e bem-vindo à minha vida sem amigos.

Nessa alegria acadêmica provisória dos cadernos novos que não se usam por mais de um mês, todo mundo ziguezagueia feito louco. No meio da multidão, vejo a professora Estela, uma das tantas professoras que me adoram (o que não era o caso da de Estudos Literários I) e que só no fato de eu arranhar um francês já vê motivo de orgulho. Se falo então na herança literária que veio de lá, se derrete toda e, em cafés entre mim e ela, às vezes também com Antônia, confessava toda a pena que sentia (dizia pena, mas era desprezo) daqueles alunos que nunca haviam lido Proust. Isso, confesso, já era um pouco demais, uma afetação que nada combinava com os nossos copos de isopor (ela desejaria porcelana) e com o inevitável cheiro de fritura da lanchonete da universidade.

Pois lá vem ela. Ainda não me viu. Está olhando para baixo, abraçada nos livros, com uma saia comprida que faz com que se pareça um sino. Um sino de uma catedral gótica. Preparo um oi, mas ela continua olhando para baixo, para o desinteressante piso universitário com bitucas e papéis de bala e códigos localizadores de livro nas estantes da biblioteca. Quando ela está perto o suficiente, eu digo Professora, tudo bem? Ela leva um susto, um susto elegante. Olha para mim. Se tem coisa que posso dizer para definir a professora Estela é: cada gesto seu é calculadíssimo, como um personagem que não deixa dúvida a respeito do que é. Bernardo!, ela diz. E seu olhar orbita, céu, chão, esquerda, direita.

— Tudo bem? Como foram as férias?

Resposta falsa, que eu uso, é Tudo ótimo, professora. Resposta certa, que não ouso, é que agi como detetive de quinta, nem de Agatha Christie nem de Raymond Chandler, pois me faltou ser perspicaz ou levar surra, e só o que tenho são dados inconclusivos que não me trazem nenhum sossego: o contexto nos indica estado de embriaguez, posto que voltava de festa e acompanhada de provável cônjuge, ainda que cônjuge breve, besta, e na empolgação tipicamente jovem do momento, a motorista desceu em velocidade destituída de bom senso esta ladeira que é íngreme, diria até, uma das mais íngremes que já vi na vida. O certo é que outro automóvel, não identificado, vinha logo atrás, e piscou os faróis três vezes. Se não sabemos o porquê da piscada, o que não se pode negar é que quem estava naquele carro foi testemunha de um acidente fatal. Culpa por negligência, senhoras e senhores! Há esse tipo de gente, que passa do lado e depois dorme. O pior não é que durma, mas que acorde depois, e siga a vida sem sentir o crime na consciência.

— As minhas também foram ótimas, muita leitura. Nem deu pra descansar.

A professora Estela dá uma risadinha, e seu olhar orbita de novo, constrangido, que é como ficam ao me verem sem Antônia, chão, céu, direita, esquerda, e finalmente encontra a continuação da conversa no jornal, que ainda está aberto no meu colo. Efeito estufa, ela diz. Olho para o jornal. Sim, é mesmo, efeito estufa. Só mais uma maneira de o mundo terminar, eu digo a ela, será que não estamos meio alarmistas demais ultimamente? Com o que se vê em canal de documentário, nossa, eu listo de memória pelo menos outras vinte, sabe, são tantas teorias para o fim que eu às vezes penso: será que o mundo sempre está quase acabando? E a professora faz uma cara estranha, diz que tem que ir, Bom rever você, Bernardo, e vai.

Eu fico ali sozinho, desinteressado do jornal, vendo o movimento dos estudantes, e começa e termina período, e tem aula que eu penso em ir, mas acabo não indo. E a manhã vai passando desse jeito quando, perto do meio-dia, da saída em massa que acontece ao meio-dia, uma van descarrega uma dúzia de mulheres vestidas todas iguais, e com o mesmo corte de cabelo e a mesma sacola transparente no ombro. Quem passa por elas recebe um círculo vermelho. Todos recebem um círculo vermelho, já que elas se posicionaram num esquema de guerrilha tão elaborado que é impossível caminhar sem que uma delas esteja perto o suficiente para lhe oferecer o círculo vermelho. Desconfio do que é, e por isso não levanto, esperando que o primeiro mal-educado jogue o adesivo no chão. De modo que, quando acontece, ainda tenho a sorte de as letras caírem viradas para cima, e leio aquele slogan estúpido da campanha de trânsito que, como um imperador romano de polegar para baixo, está dizendo que Antônia merecia morrer.

Camilo

Ah, sim, éramos uma bonita família. Havia a mãe que dizia Está tudo bem quando as coisas não estavam bem de jeito nenhum. Está tudo bem sim senhora e você não para de andar em círculos e não consegue ficar sem um olho na maldita janela. Está tudo bem e meu pai chegou com os pés pesados e Antônia tremendo de medo passou a chave na porta da frente. Ele bate no vidro. Bate com o nó dos dedos e depois com a mão aberta. Seus imbecis!, ele grita, e também Merda, está frio aqui, abre essa porta! Sentado no primeiro degrau da escada, no quente, eu o observo. Estou a fim de colocar na minha cara tudo que sinto por você, pai. Dou para você o meu olhar mais desgraçado. Se eu fosse um pouco mais velho, mergulharia a sua cabeça na piscina até que as bolhas parassem de subir. Queria ver você boiar como uma folha. É para o seu filho que você arregaça os caninos assim? Eu não tenho nada a ver com isso, ela está com as chaves, eu apenas me divirto com suas bochechas cor de vinho, e tanta fúria e tanto desespero dignos de piedade que sua respiração deixa uma mancha na vidraça. Depois a mancha vai. Um filete de saliva fica. A baba nojenta escorre entre nós.

Ela já odeia você. Você nem sabe em que série ela está. Ela tentou contar sobre onde viviam os índios antes de serem massacrados e que achou uma pedra que podia ser daquele tempo, podia ser uma ponta de lança, e ela beijou a pedra e colocou no bolso, e dentro do ônibus os colegas desafinavam numas canções terríveis enquanto Antônia olhava pela janela, uma árvore aqui, outra ali, a pedra escondida o tempo inteiro na palma da mão. Ela teria dito tudo isso caso você não tivesse dito antes que estava muito cansado, um dia duro ahn, o que precisava era de uma boa dose de sono, e Boa noite, querida, e entra no quarto e fecha a porta sem nem uma olhada para trás. Então ela me contou sobre os índios e sobre a pedra. Ela me mostrou a pedra. Eu ouvi. A gente não dorme. Quatro cadeiras, um lençol sobre elas, e ficamos ali embaixo até o dia clarear. Eu disse que havia achado um rubi num outro passeio da escola para as ruínas de outro povo dizimado, mas a verdade é que era falso o passeio, era falso o rubi, só que não tive coragem de tirar o sorriso e os olhos enormes e dizer que era um truque de irmãozinho esperto seis anos mais velho que já ficava de bobeira pela vizinhança aprontando das suas. Mas não se preocupe, não se chateie não, eu posso cuidar da sua filha e ao mesmo tempo virar as noites numa casa abandonada com os tipos que você classificaria como os piores do bairro, até porque, veja bem, é você que está gritando como um desvairado aí fora.

Mexo os pés. Pressiono um contra o outro, de forma que o tapete persa enrugue e desenrugue. Ah, Camilo, o que você fez com os seus tênis?, disse minha mãe ainda outro dia. Dei pro pessoal riscar, é isso aí, o pessoal estava a fim de escrever e eu estava a fim de calçar o que o pessoal estava a fim de escrever. Nome de banda, desenho, frase de desordem. Minha mãe deu um suspiro profundo e me virou as costas por causa de limpar, de passar, de aspirar, costurar, sei lá. Ela aceitava, passivamente, as minhas loucuras, como aceitava que meu pai não a convidasse para os jantares de fim de ano da firma de advocacia e como aceitava que um carro caríssimo surgisse na garagem sem maiores explicações (ou que alguém viesse reformar a nossa piscina e não apresentasse a conta no final).

Agora Antônia está com a chave, trancada no quarto. Ouço que a mãe lá em cima diz Abre, Antônia, abre, mas ela provavelmente tem os dedos enfiados nos ouvidos e a cabeça embaixo do travesseiro. E provavelmente canta. Eu conseguiria fazer com que ela abrisse, com certeza. Mas para quê? Para que meu pai logo esquecesse essa demonstração de desafeto, se trancando no escritório e só saindo na hora do jantar? Não. Meu único objetivo é ver o circo pegar fogo.

Não ouço mais nada e estranho. Levanto então para espiar pelo olho mágico, como costumo espiar pelo buraco da fechadura o meu pai e suas pilhas de papéis que precisam sumir no fim de semana, os seus contratos sujos, as suas autorizações duvidosas, as suas inspeções não inspecionadas, tudo devorado pelo triturador. Ele está sentado na entrada de casa, de costas para a porta, com os braços cruzados e a cabeça baixa, quase enfiada no meio das pernas. Parece fraco e desmoralizado.

Atravesso a sala e vou para os fundos. Para o jardim. Lá está tudo encharcado do frio, a grama brilhando milhares de pequenas gotas e as cadeiras com poças da chuva de ontem. No meio dos arbustos, o gato me encara. O que vejo, na verdade, são somente seus olhos amarelos. Alguém se lembrou de dar comida para o gato nos últimos dias? A piscina está coberta de folhas. Sento na beirada.

Eu odiava o velho colégio e odeio ainda mais o novo. Não me expulsariam do novo por causa de uma bomba de fedor, mas, ainda assim, é uma droga. Arregaço a manga do moletom e enfio o braço na água sem piscar. Antônia diz que gostaria de estar no novo junto comigo, mas na verdade ela adora o velho e os coelhos do minizoo, que só perdem no quesito idiotice para as tartarugas do minizoo. Tiro o braço da água. Meu pai recomeçou a gritar e a bater. Eu ouço as persianas dos vizinhos levantando. Nós não temos mais vergonha. O quarto de Antônia está iluminado. Sei que ela me observa por trás das cortinas. Então enfio o outro braço dentro da água.

Polaco

Rodo pela mesa de sinuca, três bolas em cada mão. É uma tarde calma, com uma brisa tão leve que mal faz girar o cata-vento de Antônia, colado lá fora na parede sobre o lago. As boias laranja da regata de amanhã parecem completamente imóveis, como pontas de alfinetes fincados na água. Era um truque difícil, o que Antônia tentava fazer. Eu nunca fui bom em truques. Na verdade, nunca me interessei por truques, porque há neles um narcisismo que me põe em desconforto. Paro de andar e observo a mesa vazia. Foi seu último truque, que treinava quando ninguém mais estava ocupando a sala. O esforço para que desse certo, esse Antônia, gostava de esconder, e então o que os outros viam era só o movimento saindo perfeito, algo como um número de mágica. Como se coisas muito mais poderosas do que esforço e repetição pudessem explicar o que ela fazia.

Eu acompanhava um pouco do antes em rápidas espiadas entre minhas obrigações de dono do bar. Antônia ajeitava as bolas quase em câmera lenta, pousando-as sobre o feltro uma a uma, com um cuidado feminino que dificilmente vemos aplicado à sinuca. Outras vezes, eu a encontrava imóvel já com o taco na mão e o corpo dobrado, mas por um motivo ou outro eu nunca podia esperar, de modo que só me sobrava esse antes ou algum depois, sobretudo um mau depois, com as bolas dispersas em posições indesejadas, e Antônia que dava soquinhos silenciosos na borda da mesa.

Largo as seis bolas e começo a organizá-las em fila, entre uma caçapa do meio e uma da ponta. A que distância ficavam da lateral da mesa? Não tenho bem certeza, uns quatro centímetros talvez, certamente não mais do que cinco. Afasto-as um pouco. O que é certo é que a ponta da fila quase tocava a caçapa do meio. Na última noite, quase toda tentativa da Antônia já era acerto. Era a noite do acidente. Eu não espiava, mas ouvia o barulho das duas bolas caindo na caçapa, uma seguida da outra. Havia me dito que esperava alguém. Alinho a bola branca com a fila de bolas, na outra metade da mesa. O truque é fazer com que entrem as bolas das extremidades, uma na caçapa do meio, outra na da ponta.

Não sei se o nome dele era Paulo ou Pedro, mas, quando chegou procurando Antônia, parecia um sujeito alegre, e me disse que era curioso o meu bar. Curioso é uma forma de dizer que se está um pouco desconfortável. Não reparei muito no que acontecia nesse tempo que ficaram, que foi quase nada. A única coisa que lembro é de ter ouvido Paulo ou Pedro afirmar que o rock estaria morto em no máximo quinze anos, e sei que era a voz dele apenas porque, antes do ponto final dessa afirmação tão duvidosa, ouvi Antônia, que discordava aos gritos, misturados às risadas de pura indignação. Saíram logo depois disso. Com um pé já na rua, Antônia virou para mim e disse Se o Bernardo vier, você não me viu. Piscou o olho, talvez não, já nem sei, e se havia dito algo parecido noutra vez, duvido muito, e então é muito triste que tenha dito logo na última. É claro que isso não me incomodou nada quando era presente, mas incomoda agora que é memória. Fica esse gosto de plano diabólico no ar, embora de boa intenção, porque Antônia não sabia exatamente o que era aquilo que tinha com Bernardo, e sempre foi garota de querer tudo ao mesmo tempo.

Pego o taco e começo a calcular a tabela com um rigor que nunca tenho. Olho tantas vezes, penso tanto em ângulo como em força e naquela mesa que toquei quando era menino, a dos homens que eu não via porque tarde porque cedo, e me lembro de Antônia aqui parada com os cabelos quase atrapalhando o jogo (não prendia por vaidade), e de repente é estranho que o ritual de reproduzir o truque de Antônia se carregue de tanta importância. Parece que do acerto, ou do erro, o futuro depende (mas o futuro depende é do papel no meu bolso traseiro). São as cartas que se abrem na mesa do tarô, a linha desenhada na minha palma, a confissão que eu deixei de fazer. É esse o peso da tacada que vou dar. Mas não dou. Exatamente quando a mão ficava rígida, congelando o movimento escolhido, exatamente quando os olhos se apertavam de pressão, vejo Camilo que vem aqui para a sala do fundo, agitado como é sempre, cabelo cada vez maior e um cigarro aceso na mão direita. Encosto o taco na mesa e espero.

— A Simone ainda não chegou?

Respondo que não vi. Olho para a frente do bar. Marcos, Aline e Tati dividem uma mesa. São os únicos clientes. Estão virados para cá e riem do Camilo pelas costas. Eu desvio os olhos porque pareço cúmplice, tanto dos três quanto dele. Sinto a culpa por ambas as coisas.

Camilo está olhando para a mesa de sinuca, os olhos fixos na mesa há Deus sabe quanto tempo. Olha a fila de bolas, depois a branca, depois o contrário, o movimento da cabeça simulando então a trajetória que a bola precisa fazer. Ele coloca o cigarro na boca, pega o taco e se posiciona. Não falamos mais nada. Ele entende o que eu estava fazendo e entende também que essa é a sua oportunidade. Eu não o impeço. É dele mais do que meu o direito de sentir-se em comunhão com Antônia.

Camilo dá uma tacada forte, segura, e consegue colocar a bola na caçapa do meio, mas a da outra extremidade da fila bate na beirada e rola para o centro da mesa. Merda!, ele diz. Depois olhamos em silêncio um para o outro. É como se, não tendo alcançado Antônia, fôssemos obrigados agora a reforçar a ligação que existe entre nós. Somos o resto dessa tragédia. Eu tiro o papel do bolso, peço que ele leia. Ele o desdobra com as mãos desajeitadas de um velho. A pompa jurídica certamente o cansa, os olhos correm pelo texto e devem bater só nas palavras que importam, desapropriação, demolição, irrevogável. Até Camilo sabe o que quer dizer irrevogável. Ele fecha o papel.

— Você não pode ir.

Ele encara o piso encardido de tanto tempo e tanta gente que rodou pela mesa enfiando bola colorida em buraco, e que tem aquele aspecto de erosão que o contato com os tacos foi deixando. É a primeira vez que Camilo parece vencido, nem no enterro da Antônia era isso o que transparecia. O mundo demora a desmoronar. Eu digo a ele Você sabe há quanto tempo eu tento, e ele anda até o cinzeiro para apagar o cigarro e responde Sim, eu sei, cara, eu sei. Mas, para Camilo, é como se eu o tivesse traído, levando a vida que ele tinha ao fim definitivo. Ele me dá as costas e sai da sala. Camilo vai encarar o que acaba de descobrir como uma terrível coincidência, mas a verdade é que tudo muda junto não por infortúnio, mas porque uma peça não pode se sustentar sem a outra. Pela segunda vez, é isso que a vida me sopra no ouvido.

Santiago

A prima já tinha esquecido, ou ao menos era o que a gente pensava. Mudou-se para outro lugar, de modo que dela não falavam, e ela tampouco dizia mal de quem tinha ficado para trás. É bonito lá, com uma vista sobre a pequena cidade, a floresta de eucaliptos a leste e, nas encostas mais para o sul, podem-se ver nos fins de semana jovens em fila à procura de alguma cachoeira escondida. É bom o bastante para passar a vida inteira em paz.

Meu telefone tocou numa tarde e era Rosa. Eu dirigia na estrada castigada das chuvas de toda a semana. Naquele momento, no entanto, o vento havia arrastado as grandes nuvens cinza para bem longe, e o céu era de um azul brilhante. A chuva tinha feito estragos também na fazenda, e eu ia até lá para resolver. Parei no meio da estrada vazia, desliguei o motor e, como se pressentisse, me deixei aproveitar de uns instantes de silêncio. O telefone, preso na minha cintura, continuava vibrando. Então atendi sem ver quem era.

Era uma Rosa com a voz embargada, um pouco ofegante também. Santiago? Eu disse Sim, Rosa, sou eu. Eu olhava para o campo de trigo à esquerda, ondulando com o vento. Sempre achei que era Deus quem passava a mão sobre as espigas. Uma grande mão suave. Santiago, eu sei onde está o Alexandre, ela disse. Engoli em seco. Do outro lado da linha, ouvia a sua respiração irregular. Fazia anos que o nome do Alexandre havia desaparecido das conversas. Jovens fazem besteiras, passam a borracha por cima, e então se empenham em construir uma vida decente. Era nisso que acreditávamos. Eu disse a Rosa: Passo aí mais tarde. Mas tarde já era.

Eu sempre me punha a imaginar a sua volta, e contra essa volta eu não podia fazer nada. Cinco, dez, doze anos depois, tem vezes que demora muito para acertarmos as contas com a vida. Numa bela manhã, Rosa receberia um envelope sem remetente e, na folha dobrada de dentro, Alexandre ia pedir perdão. Poderia também acontecer de ligar. O telefone tocando na sala vazia, na grande sala vazia, e Rosa indo atender com as mãos ainda úmidas de alguma atividade doméstica. De modo que, quando sentamos no pátio, era nisso que eu pensava, que Alexandre havia feito contato, que sentira a súbita necessidade de saber aonde aqueles ventos o teriam levado.

Era um bom pátio, nos fundos da casa, com uma cerca viva bem aparada, uma pequena horta e um balanço preso a um velho cinamomo. O sol já desaparecera, e nos olhávamos, eu e Rosa, naquele resto de luz insuficiente dos finais de tarde. Ela assoprava o chá. Tinha as duas mãos que envolviam a xícara. E eu, mesmo ansioso para que ela contasse, não dizia nada. Era como se o assunto tivesse enferrujado em algum lugar muito profundo de nós.

De repente, Rosa se levantou e, ao voltar, trazia o jornal na mão. Era o jornal do dia, eu sabia, eu tinha lido de manhã. No entanto, me escapava a relação que isso poderia ter com o Alexandre. Ela se sentou novamente, pôs longe o chá, e foi correndo as páginas em movimentos decorados da repetição. Quantas dezenas de vezes tinha folheado o jornal até aquela página com a notícia de um acidente? Na foto que mostrava a multidão no velório, Rosa apontou-me um rosto. Olhei para ela sem poder mascarar minha surpresa, e perguntei se ela tinha certeza que era ele. Rosa recostou-se na cadeira. Parecia emocionalmente exausta. Respondeu que sim, tinha certeza. Depois pegou de novo a xícara, tomou um gole do chá, e ficou olhando a fumaça que ainda subia.

Eu não o havia encontrado muitas vezes, de forma que, para mim, sua imagem era difusa e quase toda inventada. Para preencher o que escutava nos primeiros tempos, eu tinha feito meu próprio Alexandre e, assim sendo, pouco adiantava eu examinar aquela foto: eu não podia nem reconhecê-lo, nem duvidar do que Rosa dizia. Não, de nada adiantava, mas mesmo assim eu sentia uma vontade incontrolável de olhar com cuidado, como se aquele Alexandre imóvel fosse revelar os mistérios da decisão que nunca compreendi. Peguei o jornal. Rosa levantou-se e acendeu a luz do pátio. Em poucos minutos, os insetos já rodavam o globo de vidro, turvo de tantos pequenos corpos acumulados ao longo dos anos em seu interior.

E eu ainda olhava a foto.

Ele estava chorando, não havia dúvida disso. Tinha a mão na boca como se segurasse um grito, e chorava. Eu não podia entender que aquele homem era o mesmo homem no qual havíamos depositado todo o nosso ódio, e como podia uma menina significar tanto e outra nada. Rosa tinha o olhar parado sobre a cidade de que nunca gostou. De qual cidade Rosa gostava? Para qual cidade gostaria de ter ido? Fechei o jornal. Perguntei a ela se já tinha falado com o seu irmão, e Rosa disse Por favor, Santiago, não o Eduardo. Ficamos novamente em silêncio, até que ouvi uma porta bater. Era Ana que aparecia no pátio. Rosa forçou um sorriso. Seus olhos seguravam uma porção de lágrimas. Ana acenou. Eu acenei para ela. Ana sentou no balanço e nos encarava enquanto remoía a terra com a ponta do pé. Suas pernas eram tão finas, ela era tão calada, Rosa se preocupava tanto. O que você quer?, eu perguntei a Rosa, e falávamos mais baixo agora. Ela ainda segurava a xícara com as duas mãos, embora o chá já estivesse frio.

— Você não pode ir até lá?

Ela dizia as palavras como se quisesse guardá-las na xícara. Deus, Rosa, por quê?, eu perguntei, elevando a voz, e logo em seguida estava arrependido e repetia a frase em sussurros, como se isso reparasse o meu erro.

Rosa olhava para Ana com um olhar triste.

— Eu não sei.

Levantei. Não podia mais continuar com aquele assunto. Eu ia conversar com a menina, perguntaria do colégio, de suas aulas de piano. Tinha sido tão difícil achar uma professora de piano por aqui. Mas ela queria tanto. Eu ia perguntar se já tocava com as duas mãos. Isso era quase tudo que eu e Ana tínhamos para dizer um ao outro. Mas Rosa segurava o meu braço. Por favor, ela dizia, eu só quero entender.

Foi muito cedo, no dia seguinte, que eu peguei a estrada.

Bernardo

Paro o carro, desligo o motor, e só então coloco o som para funcionar. Fiz isso numa porção de noites, com jazz, porque noite era jazz, chuva fina era jazz, e eu e Antônia linhas melódicas da mesma canção triste (de jazz). Faz parte do desafio encontrar a canção certa para o momento certo, e às vezes se começa pelo momento, outras vezes pela própria canção, como se a canção pudesse expandir-se e encarregar-se de construir tudo o que há em volta dela. As noites tinham esse jeito, de melancolia misturada ao nítido sentimento de que vivíamos nossos melhores anos, e assim vibrava o saxofone, o trompete, vibrava a voz das negras americanas, os pianos lentos em minha máquina-hermética-de-observação-da-vida, e eu via as luzes da casa salmão acenderem e apagarem, numa sequência que guardava a sua lógica muito particular.

Hoje é Guns n' Roses que eu ouço, e aguento firme o que para mim sempre foi barulho demais. Eu sei, era antes que eu devia ter tentado, nas tardes em que Antônia dizia que certas músicas do Guns nunca perdiam a força porque tocavam em alguma parte imutável dela (e que Antônia não sabia onde era ou que tamanho tinha), mas naquelas noites eu ia para a frente da sua casa sem que ela soubesse, e o que eu ouvia era sempre jazz. Eu parava na rua estreita da Antônia, desligava os faróis, jogava o banco para trás. Eu e Chet Baker. Tinha na cabeça os anos vinte ao mesmo tempo que isso que estava diante de mim, em pausa, indeciso, um ainda não acontecido, como parecia toda a minha vida, até que me cansava e era preciso descer do carro. Era preciso andar e, mesmo que houvesse chuva e sobretudo se houvesse chuva, ver que algumas pessoas haviam escolhido essa hora para tomar banho, o vapor, o canto empolgado escapando pela janela basculante, a fila colorida dos xampus e cremes e condicionadores, um cão no pátio, que se aproximava da grade e latia, e nessas horas eu tinha a sensação de que não fazia sentido algum a regularidade constrangedora das ações dos cães ou das nossas, e daí era hora de observar o comportamento das lâmpadas (há regularidade também nelas!) de todas as casas da ruazinha e das ruas adjacentes, a diferença entre as luzes fracas e solitárias dos abajures, que servem a uma pessoa com suas ideias, os livros, as músicas, em contraste com as luzes intensas e brilhantes do convívio social que, se não mostram, deixam ao menos que se imagine algo pelas sombras que desenham, deformadas nas ondulações das cortinas.

A casa está ainda pior, sobretudo porque é dia. A pintura desgastada, as infiltrações que não foram resolvidas, a piscina que desapareceu no meio do mato. Fico pensando que Antônia talvez gostasse de saber que aquele álbum do Guns n' Roses, prometido há mais de década, finalmente foi lançado. De qualquer modo, o que eu ouço é antigo, para combinar com essa beira de lago e com as memórias difusas de dancinhas inusitadas, de punho fechado simulando microfone, de Antônia dirigindo e eu do lado e, podia até ser em meio de conversa, ela cantava junto porque não conseguia se segurar. Antônia acreditava que as músicas eram feitas para que nos encaixássemos nelas.

Na calçada, vejo uma mulher carregada de sacolas passar, e demoro um pouco de tempo até perceber que aquela mulher é a mãe da Antônia. Parece que está com os cabelos mais grisalhos do que antes, e me surpreende que os folículos capilares possam entender alguma coisa sobre a nossa tristeza. Ela tenta abrir o portãozinho com as mãos ocupadas das sacolas, depois as coloca no chão e luta com ele. Uma dessas coisas que, de tão estragadas com o tempo, se tornaram teimosas demais. Mas então ele finalmente cede, e ela recolhe as sacolas de novo. O mesmo ritual acontece diante da porta. A porta fecha com um estrondo.

Desligo o som, no meio de um desses grandes épicos do rock, e decido sair do carro. A chuva da manhã está dando um tempo. Mesmo assim, o céu e a água continuam naquela intersecção difusa e deprimente, que observo enquanto atravesso a rua em direção às ruínas do bar do Polaco. Elas ainda estão lá. E todo mundo sabe que estarão por anos, que teremos que conviver com esse esqueleto, uma vez que projetos para a orla costumam ser exatamente, e tão somente, projetos para a orla. O que aconteceu foi, na verdade, uma prova de força, penso ao colocar o primeiro pé nos restos do bar meio flutuante, o chão coberto de pedaços de concreto e metais enferrujados e ainda as marcas das antigas paredes. Tenho a sensação de andar sobre uma planta baixa de algum lugar ainda não construído. O fim se confunde muitas vezes com algo anterior ao começo.

Ando por tudo, esmagando com as solas dos tênis pequenos fragmentos de parede e teto. Parece menor do que era, o bar. Tento imaginar os espelhos colados, os caça-níqueis, as mesas de sinuca e as paredes riscadas de tantos anos e tantas histórias, e todo o ruído que isso fazia, e todos os discos que tocavam no som tosco, e a primeira sensação que tive ao entrar, que era misto de aventura e asco, e onde estarão agora aquelas pessoas que vinham tão regularmente e às quais eu acenava com a cabeça quando via, mesmo que nunca houvéssemos trocado uma só palavra, e onde estará o Polaco e onde o Camilo vai comprar seus cigarros a partir de agora? Me aproximo de onde antes havia as janelas. Um caco de vidro azul ainda está milagrosamente preso ao resto de moldura metálica.

Não há nada de anormal no fato de eu ter estado em frente à casa salmão naquela última noite. Foram tantas, vidros fechados no carro, jazz, obsessão, atento às janelas luminosas ou escuras, como num jogo em que é preciso memorizar as sequências. Às vezes Camilo estava na garagem, mexendo nas suas velharias, então eu ficava mais longe. Não foi estranho que eu tenha estado aqui no quinze de maio por volta das nove, era a mesma janela em que Antônia nunca aparecia, quando na verdade a minha razão de vir era justamente ser pego em flagrante. Ter estado aqui não quer dizer nada, foi só ter perdido a saída de Antônia e ter perdido a volta que não aconteceu, fazendo parte de um meio de trajetória no qual não havia nem vida, nem morte.

Então ouço o barulho grave de um motor potente. Uma camionete para junto ao meio-fio. De dentro dela, o homem olha. Tento não olhar para ele. Não sei se me observa ou observa as ruínas, mas com essas ruas traçadas meio ao acaso fico imaginando que o mais provável é que em seguida ele me peça uma informação, afinal é difícil saber o nome de tantos generais e coronéis desconhecidos (os com patentes mais baixas nunca ganham nome de rua). Mas ele desliga o motor e desce, as botas raspando o areião, um sujeito corpulento e, ao passar por onde antes havia a porta, faz uma rápida saudação com a cabeça. Ele caminha como eu caminhei, como se o olho reconstruísse as paredes e as povoasse com voz e música, primeiro com a cabeça baixa mirando o chão, em seguida olhando para o lado em que estava o pôster de um ídolo do rock, à direita de um que divulgava uma competição internacional de velas em 1994. Ele dá mais uma olhada para um pedaço de telha de zinco, depois vem até o fundo do bar. Ficamos um ao lado do outro, com as sobras de parede na altura de nossos joelhos, olhando para a água e para o tempo fechado. Ele tira um cigarro do bolso da camisa e o acende com um Zippo.

— Quando foi que demoliram?

— Faz um mês.

A bandeira do clube balança e, mais longe, a fumaça que sai pela chaminé da fábrica imediatamente se mistura com as nuvens.

— E o dono, pra onde será que foi?

Digo que não faço a menor ideia. E não faço.

Então sou eu que aceno com a cabeça e, devagar, deixo as ruínas.

Na casa salmão, mesmo em plena decadência, ainda há algo de imponente, guardado nas sólidas colunas da entrada. Antônia estava ou não estava quando eu vigiei a casa pela última vez? Vou caminhando pela borda do lago e observo o espaço entre a areia e a água, onde as coisas vêm e vão e voltam. Um pedaço de pano floreado, um pneu, uma lata, um vidro de conserva, de modo que já estou um pouco longe quando olho novamente para trás. A casa ficou encoberta pelas árvores, e o bar é um bloco de concreto sendo engolido pelo lago. Com os braços cruzados, o homem continua no mesmo lugar.

No dia da demolição, eu vim. Não só eu. Outros também vieram. Gente de tudo que era idade, que tinha esse bar em alguma parte da vida. Todos se deram as mãos num abraço simbólico, depois bateram palmas por um longo tempo. Enquanto isso, a tropa de choque, com os capacetes amarelos e os escudos esperando tumulto, se alinhava no meio da rua. Era fim de tarde, e parecia desperdício o pôr do sol, se não pudesse ser visto pelos vidros azuis e verdes, e pelos retângulos onde não havia mais vidro. Se não pudesse ser visto durante uma partida de sinuca.

Não houve tumulto algum. Os pedaços caíam no silêncio de quem olhava.

Agradecimentos

Pela paciência com um sem-número de leituras, agradeço imensamente a Diego Grando (que, a esta altura, conhece este livro tanto quanto eu); também sou grata pela leitura e consequentes sugestões de Armando Antenore e Jane Tutikian; ao apoio de Paulo Scott e Daniel Galera; à colaboração incondicional de meus pais, Daniele Bensimon e Henrique Rodrigues Cabral; e, por último, a todos aqueles que forneceram informações relativas a carros, barcos, serrarias, plantões jornalísticos, nomes de árvores e ainda outros detalhes cruciais. São eles: Camilo Saueressig, Fábio Luis Jardino Rodrigues, João Pedro Wolff, Mariza Gomes, Mirella Nascimento, Nelson Piccolo, Reginaldo Mentz Dornelles, Valério Pillar, Walberto Andrade Chuvas e os funcionários da madeireira Dallpas.

1ª EDIÇÃO [2009] 1 reimpressão

ESTA OBRA FOI COMPOSTA EM ELECTRA POR OSMANE GARCIA FILHO E
IMPRESSA PELA GRÁFICA BARTIRA EM OFSETE SOBRE PAPEL PÓLEN BOLD
DA SUZANO S.A. PARA A EDITORA SCHWARCZ
EM JANEIRO DE 2020

A marca FSC® é a garantia de que a madeira utilizada na fabricação do papel deste livro provém de florestas que foram gerenciadas de maneira ambientalmente correta, socialmente justa e economicamente viável, além de outras fontes de origem controlada.